U0593228

读者丛书

DUZHE CONGSHU

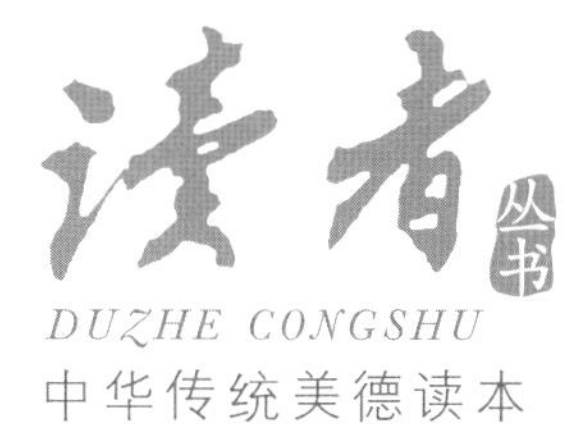

中华传统美德读本

用生命写就的告白

读者丛书编辑组 / 编

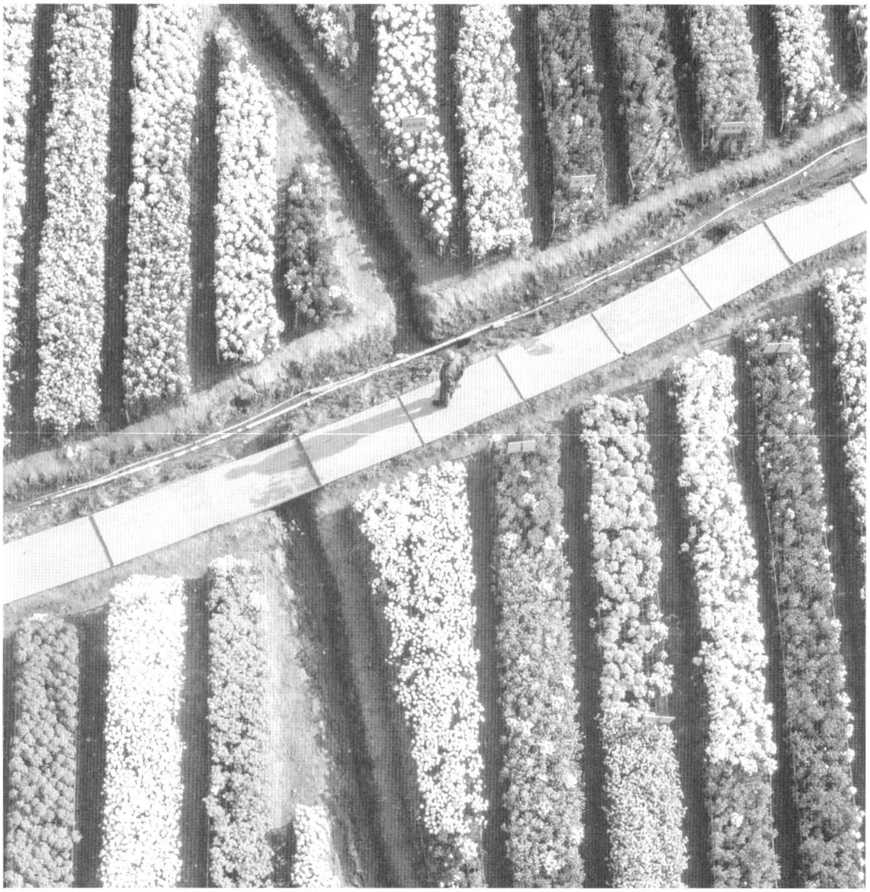

读者出版传媒股份有限公司
甘 肃 人 民 出 版 社
甘肃 · 兰州

图书在版编目（CIP）数据

用生命写就的告白 / 读者丛书编辑组编. -- 兰州 : 甘肃人民出版社, 2023.11
ISBN 978-7-226-05960-9

Ⅰ. ①用… Ⅱ. ①读… Ⅲ. ①散文集－中国－当代 Ⅳ. ①I267

中国国家版本馆CIP数据核字(2023)第113293号

出 版 人: 梁朝阳
总 策 划: 梁朝阳　马永强　李树军
项目统筹: 宁　恢　原彦平
策划编辑: 高茂林
责任编辑: 肖林霞
助理编辑: 田彩梅
封面设计: 裴媛媛

用生命写就的告白
读者丛书编辑组　编
甘肃人民出版社出版发行
（730030　兰州市读者大道 568 号）
北京温林源印刷有限公司印刷
开本 710 毫米×1000 毫米　1/16　印张 15.5　插页 2　字数 200 千
2023 年 11 月第 1 版　2023 年 11 月第 1 次印刷
印数: 1~5 000
ISBN 978-7-226-05960-9　　定价: 39.00 元

目　录

CONTENTS

一粒尘土睁开眼睛

刘亮程

我小时候读过一本中医书，繁体字竖排版的，里面都是能治病救人的方子，是先父 20 世纪 60 年代初从甘肃到新疆时带来的。先父是旧式文人，会文墨，能号脉开方。我几乎看不懂那些药方，却记住不少中草药的名字。后来我在野外遇到并认出这些草药时，内心的惊喜无以言表，好像两个早已相识的生物又在荒野中遇见。那些能医病的神奇草木，长在房前屋后、荒野地头，年年岁岁地与人相依为命。

后来我写过许多植物，还有动物，都是与人相依为命的。

它们在我的文字中是有灵性的鲜活生命，是另一种生活里的我自己。

我写一棵草时，仿佛已经跟草长在那里，扎了根，生出茎和叶。

写一片被西风刮远的树叶时，我的心也跟着它去了遥远天地，经历它所经受的风雨寒暑。多少年后它被相反的一场风吹回来，我还能认出它，就像认出经历了同样命运的自己。

写蚂蚁时，我仿佛在它的阴湿洞穴里住过，身上带着那里的酸楚气味。

在那样的书写中，仿佛活成一只蚂蚁的我，和执笔的我静静对视。这是唯有文学才能感受和表达的。文学是我们和万物间的相互感知，相互看见。

作家写什么像什么，那是到达。一般的写作者都可以做到，因为我们的语言本身有对事物的描述功能。但还有一些作家，他写草时仿佛自己就是草，写蚂蚁时自己已经生活在蚂蚁那里。他写的每一朵花，都向整个大地开放自己。

作家是跟石头说话的人，能让石头开花，让一粒尘土睁开眼睛。

作家是老去时光里的顽皮孩子，怀揣着初来人世的惊喜。在他的书写中，万物又复归到刚刚诞生之时，一切感受都是新的。那些对世界人生充满了天真好奇和无尽遐想的文字，是写给内心那个孩子的。

好的文字是通达万物的。而这种通达，需要一颗天真的心灵。

一颗在时间的尘埃中不曾衰老、不曾消减、不曾丢失梦和翅膀的心灵，是属于文学的。

（摘自《读者》2021 年第 24 期）

第一支钢笔

梁晓声

它是黑色的，笔身粗大，外观笨拙。全裸的笔尖、旋拧的笔帽。胶皮笔囊内没有夹管，吸墨水时，需要捏一下，才会缓慢鼓起。墨水吸得太足，写字时笔尖常常“呕吐”，弄脏纸和手。我使用它，已经二十多年了。笔尖劈过、断过，被我磨齐了，也磨短了。笔尖也很粗，写一个笔画多的字，大稿纸的两个格子也容不下。我已不能再用它写作，只能写便笺或信封。

它是我使用的第一支钢笔，是母亲给我买的。那一年，我升入小学五年级。学校规定，每星期有两堂钢笔写字课。某些作业，老师要求学生必须用钢笔完成。全班每个同学，都有一支崭新的钢笔。有的同学甚至有两支。我却没有钢笔可用，连一支旧的也没有。我只有蘸水钢笔，每次写完作业，右手总被墨水染蓝。染蓝了的手又将作业本弄脏。我常因此而感到委屈，做梦都想得到一支崭新的钢笔。

一天，我终于哭闹起来，折断了那支蘸水笔，逼着母亲非立刻给我买一支吸水钢笔不可。

母亲对我说：“孩子，妈妈不是答应过你，等你爸爸寄回钱来，一定给你买支吸水钢笔吗？”

我不停地哭闹，喊叫：“不，不，我今天就要。你借钱去给我买。”

母亲叹了口气，为难地说：“你这孩子，真不懂事。这个月买粮的钱，是向邻居借的；交房费的钱，是向领导借的；给你妹妹看病，还是向领导借的钱。为了今天给你买一支吸水钢笔，你就非逼着妈妈再去向邻居借钱吗？这叫妈妈怎么张得开口啊？”

我却不管母亲好不好意思再向邻居张口借钱，哭闹得更凶了。母亲心烦了，打了我两巴掌。我赌气哭着跑出了家门……

那天下雨，我没有回家，在雨中游荡了大半日，衣服淋湿了，头脑也被淋得清醒了，心中不免后悔自责起来。是啊，家里生活困难，仅靠在外地工作的父亲每月寄回的几十元过日子，母亲不得不经常向邻居开口借钱。母亲是个很顾脸面的人，每次向邻居借钱，都需鼓起一番勇气。

我怎么能为了买一支吸水钢笔，就那样为难母亲呢？我觉得自己真是太对不起母亲了。

于是，我产生了一个念头，要靠自己挣钱买一支钢笔。这个念头一产生，我就冒雨朝火车站走去。火车站附近有座坡度很陡的桥，一些大孩子常等在坡下，帮拉货的手推车车夫们把车推上坡，可讨得五分钱或一角钱。

我走到那座大桥下，等待许久，不见有手推车来。雨越下越大，我只好站到一棵树下躲雨。雨点噼噼啪啪地抽打着肥大的杨树叶，雨水冲刷着马路。马路上不见一个行人，只有公共汽车偶尔驶来驶去。远处除了几根电线杆子，就迷迷蒙蒙地看不清楚什么了。

我正感到沮丧，想离开，雨又太大，可等下去，肚子又饿。忽然我发现了一辆手推车，装载着几层高高的木箱子，遮盖着雨布。拉车人在大雨中缓慢地、一步步地朝这里拉来。看得出，那人拉得非常吃力，腰弯得很低，上身几乎俯得与地面平行了，两条裤腿都挽到膝盖以上，双臂拼力压住车把，每迈一步，似乎都使出了浑身的劲儿。那人没穿雨衣，头上戴顶草帽。由于他上身俯得太低，我无法看见他的脸，也不知他是个老头儿，还是个小伙儿。

他刚将车拉到大桥坡下，我便从树下一跃而出，大声地问："要帮一把吗？"

他应了一声。我没听清他应的是什么，但明白是他正需要我"帮一把"的意思，就赶快绕到车后，一点儿也不隐藏力气地推起来。木箱子里装的不知是何物，非常沉。还未推到半坡，我便一点儿力气也没有了，双腿发软，气喘吁吁。那时我才知道，对有些人来说，钱并非容易挣到的。即使一角钱，也是不容易挣到的。我还空着肚子呢。我又推着走了几步，实在推不动，便产生了"偷劲"的念头，反正拉车人是看不见我的。我刚刚松懈了一下，就感觉到车轮顺坡倒转。不行，这车不容我"偷劲"。那拉车人，也肯定是凭着最后一点儿力气在坚持，在顽强地向坡上拉。我不忍心"偷劲"了，咬紧牙关，憋足一股力气，发出一个孩子用力时的声音，一步接一步，机械地向前迈动步子。

车轮忽然迅速转动起来。我这才知道，我已经将车推上了坡，车子开始下坡了。手推车飞快朝坡下冲，那拉车人身子太轻，压不住车把，反被车把挑得悬起来，脚离开了地面，控制不住车的方向。幸亏车并未偏往马路中间，始终贴着人行道边，一直滑到坡底才缓缓停下。

我一直跟在车后跑。车停了，我也站住了。那拉车人刚转过身，我便向他伸出一只手，大声说："给钱。"那拉车人呆呆地望着我，一动不动，既不掏钱，也不说话。我仰起脸看他，不由得愣住了。"他"……原来是母亲。雨水，混合着汗水，从母亲憔悴的脸上直往下淌。母亲的衣服完全被淋透了，像从水里捞出来的一样，湿漉漉地贴在身上，显出她那瘦削的两肩的轮廓。她的胸口剧烈地起伏着，脸色苍白，大口大口地喘着气。

我望着母亲，母亲也望着我，我们母子完全怔住了。就在那一天，我得到了那支钢笔，梦寐以求的钢笔。母亲将它放在我手中时，满怀期望地说："孩子，你要用功读书啊。你要是不用功读书，就太对不起妈妈了……"在我的学生时代，我一刻都没有忘记母亲满怀期望对我说的这番话。如今，二十多年过去了，我已经是个成年人，母亲也已变成老太婆。那支笔，可以说早已完成它的历史使命，但我要永远保存它，永远珍视它，永远不抛弃它。

（摘自《读者》2022 年第 7 期）

干练与丰腴

张　炜

王安石与苏东坡有很大不同，两个人在许多方面都是这样界限分明的：一个严厉、干练、果决、冷峻；一个丰腴、温和、饱满。但他们二人都是北宋王朝的能吏与文豪，而且都是清廉为政之人。这两个人在各自的方向上都有些极端化，好像上苍有意送给这个时代两个典型人物一样，让他们双峰对峙，并且在很长时间里成为不同的概念和符号。不过新党中的王安石毕竟不同于另一些人，他比周边的那些同党纯粹得多，也深刻得多。他的作为之大以及出发点之纯正，是有目共睹的。北宋的这个时期，以及后来，都深深地烙上了王安石的印记。后来旧党把宋代的羸弱和凋敝，甚至最后的覆灭，都与那场轰轰烈烈的改革挂上钩，认为是一个久病在身的国体被施用了有毒的猛药，从此才走向虚败和溃散。这样的论断或许不够公允。

在新党一派，有一个人与王安石稍稍接近，其实又是大为不同的人物，这就是后来同样做了宰相的章惇。这同样是一个下手锐利、坚毅不屈、为大宋王朝作出重要贡献的人。但他远远算不得一个纯谨和洁净的人，他身上的那种刻薄和阴鸷，王安石是没有的。章惇还不配作为一个与苏东坡对立的人物加以研究，而这样的一个人，似乎只有王安石可以充当。我们将从他们二人身上找到太多的同与不同，这是一项非常复杂的工作，也是一项很有意义的工作。

苏东坡的父亲苏洵对王安石有些苛刻，在这方面苏东坡是不能苟同的。随着时间的延续，随着那场剧烈的党争渐告平息，王安石告老还野，苏东坡变得理性多了，对待这位曾经高居相位的人也宽容多了。王安石同样如此。他们之所以在后来能够有一些交往、有一些非常动人的时刻，也完全是因为一个最重要的人性基础：二者皆拥有纯粹的生命品质，也都是极有趣的人。他们都能够多多少少地脱离和超越“私敌”的范畴，彼此之间都有一些钦佩在。这对曾经极其尖锐地互相针对的一对政敌来说，当是一种十分罕见的现象。政治往往是你死我活，而王安石与苏东坡最后竟能走到礼让和谅解，甚至是相互崇敬的地步，实在也令人惊讶。

苏东坡当年对于王安石变法之峻急十分反对，而且奋力抵抗。王安石就像一块坚硬的石头，在旧党密集的火力之下不仅没有破碎，反而顽硬如初，成为整个新党坚实的核心。他具有法治人物最可贵的品质，同时也有这类人物最大的缺憾和特质，即整齐划一与严厉苛责。这一点，甚至在其追随者身上也可以看出端倪。比较一下，我们会发现苏东坡的所有弟子都呈现出各自生长的状态，而王安石的弟子却处处遵循师长，成为一种模板性格之下的复制品和牺牲品。苏门弟子中不乏名垂千古的大文人，而王安石的门生中留有文名的似乎只有一个王令。没有比艺术创作更需要自主开放和多元包容的了，而这种烂漫生长，与法家的那种生硬和强固是格格不入、难以兼容的。王门弟子皆要服从老师的单一标准和模式，审美志趣也就变得单调，生活方式及政治立场也会如此。

记载中的王安石有许多怪癖，或者说异趣，一如他的为政风格。他是如此朴素如此清廉，对日常生活之美没有什么追慕，竟然可以长时间不洗澡，因脏气而多被诟病。就是这样的一个人，却能写出那么好的诗句，成为一个风格特异、意蕴深邃的文人。无论是为文还是为政，他都算得上一个大有成就的历史奇人。干练与恪守成为他的短板，也成为他的特质，使他走向成功和卓尔不群。

王安石和苏东坡一样深结佛缘，都对佛经佛理深感兴趣。他们都属于思路清晰、求真求实之人，都关心国政，励精图治，恪守儒家治世思想和至高的道德原则，而且都一样正气充盈。后来的朱熹评价王安石，认为他文章和节行都高人一等，尤其是在道德经济这些方面最有作为，只是对他的用人不敢恭维，说："引用凶邪，排摈忠直，躁迫强戾，使天下之人，嚣然丧其乐生之心。"（《楚辞后语》卷六）在这个方面，朱熹之论算是公允的。旧党的代表人物司马光是王安石从政的死敌，他评价王安石也比较公允，说："人言安石奸邪，则毁之太过；但不晓事，又执拗耳。"（明·陈邦瞻《宋史纪事本末》卷八）在这里，"不晓事"三个字显得有趣，不晓事理、不通融，像个执拗的孩子。苏东坡的挚友和最重要的弟子黄庭坚评价王安石说：我曾经反复观察这个人，他真是视富贵如浮云，从来不贪恋钱财酒色，是一世的伟人。这番评价，实在是中肯而感人。

苏东坡本人对王安石的最高评价表现在《王安石赠太傅》一文中："名高一时，学贯千载。智足以达其道，辩足以行其言。瑰玮之文，足以藻饰万物；卓绝之行，足以风动四方。用能于期岁之间，靡然变天下之俗。”这番话铿锵有力，绝无敷衍虚妄之辞。古往今来，凡纯洁之人总是执守中庸，实事求是，许多时候能够施以仁慈和公允。这实在是衡量人格的一个重要标准。

比起喜好热闹、顽皮多趣而又极愿享受物质的苏东坡，王安石的日常生活是那样朴素。这个人不修边幅，一件官服可以穿十几年，对吃的东西从不挑剔。有人曾发现：他坐在饭桌旁，哪个菜离他近，他就只吃这一个菜。他当年贵为宰相，接待亲戚却未曾大摆筵席，记载中饭桌上只有一小碟肉和几块胡饼，还有一壶酒。被招待者不高兴，喝了几杯酒，把饼掰开，吃掉中间的瓤，剩余的就扔在桌上。王安石二话没说，把扔下的部分拿过来吃掉。这个细节包含的东西太多了，虽然是一个局部场景，但通观一事，即可以作为他的行为风范去看待了。他去世后留下的遗产极少，其夫人不得不靠亲戚的帮衬才得以维系生活。王安石一生不近女色，这与苏东坡也大为不同。苏东坡对异性的美是敏感的、热情的，甚至不乏贪婪，这是他生活中的重要色彩之一。对于世间的斑斓颜色，苏东坡全都是着迷的、沉浸的，从自然到人生，常处于一种饱览和探究的状态，并作为一种性格特征被固定和确认下来。王安石和妻子吴氏相守一生，妻子出于当时的习俗曾给他买来一个妾，当这女子前去伺候王安石的时候，王安石却不无惊讶地问对方是谁。当他知道女子是因欠官债而被迫卖身时，不仅没有收她为妾，还送了一笔钱帮她还清官债，让她离去。他的独生儿子患了精神病，犯病的时候就要打妻子，王安石非常着急，竟说服儿媳和儿子离婚改嫁他人，足可见其理性与仁心。比起苏东坡，王安石在许多方面实在更接近于一个现代人。

（摘自《读者》2023 年第 2 期）

什么是好的婚姻

杨　绛

抗战时期在上海，生活艰难，从大小姐到老妈子，对我来说，角色变化而已，很自然，并不感觉委屈。为什么？因为爱，出于对丈夫的爱。我爱丈夫，胜过自己。我了解钱锺书的价值，我愿为他研究著述志业的成功，为充分发挥他的潜力、创造力而牺牲自己。这种爱不是盲目的，是理解，理解愈深，感情愈好。相互理解，才有自觉的相互支持。

我与钱锺书是志同道合的夫妻。当初我们正是因为两人都酷爱文学，痴迷读书而互相吸引走到一起的。锺书说他“没有大的志气，只想贡献一生，做做学问”，这一点和我志趣相同。

我成名比钱锺书早，我写的几个剧本被搬上舞台后，他在文化圈里被人介绍为“杨绛的丈夫”。但我把钱锺书看得比自己重要，比自己有价值。我赖以成名的几出喜剧，能够和《围城》比吗？所以，他说想写一部长篇小说，我不仅赞成，还很高兴。我要他减少教课钟点，致力写作，为节省开销，我辞掉女佣，做“灶下婢”是心甘情愿的。握笔的手初干粗活免不了伤痕累累，一会儿劈柴木刺扎进了皮肉，一会儿又被烫起了泡。不过吃苦中倒也学会了不少本领，我很自豪。

钱锺书知我爱面子，大家闺秀第一次挎个菜篮子出门有点难为情，特陪我同去小菜场。两人有说有笑买了菜，也见识到社会一角的众生百相。他怕我太劳累，自己关上卫生间的门悄悄洗衣服，当然洗得一塌糊涂，统统得重洗，他的体己让我感动。

诗人辛笛说钱锺书有“誉妻癖”，锺书的确欣赏我，不论是生活操劳或是翻译写作，对我的鼓励很大，这也是爱情的基础。同样，我对钱锺书的作品也很关心、熟悉，1989 年黄蜀芹要把他的《围城》搬上屏幕，来我家讨论如何突出主题，我觉得应表达《围城》的主要内涵，立即写了两句话给她，那就是：围在城里的人想逃出来，城外的人想冲进去。对婚姻也罢，职业也罢，人生的愿望大都如此。“围城”的含义，不仅指方鸿渐的婚姻，更泛指人性中某些可悲的因素，就是对自己处境的不满。钱锺书很赞同我的概括和解析，觉得这个关键词“实获我心”。

我是一位老人，净说些老话。对于时代，我是落伍者，没有什么良言贡献给现代婚姻。只是在物质至上的时代潮流下，想提醒年轻的朋友，男女结合最最重要的是感情，双方互相理解才能互相欣赏、吸引、支持和鼓励。我以为，夫妻间最重要的是朋友关系，即使不能做知心的朋友，也该能做互相陪伴的朋友或互相尊重的伴侣。门当户对及其他，并不重要。

（摘自《读者》2014 年第 22 期）

娓娓与喋喋

余光中

不知道我们这一生究竟要讲多少句话。如果有一种工具可以统计，像步行锻炼的人所带的计步器那样，我相信其结果必定是天文数字，其长可以绕地球几周，其密可以下大雨几场。具体情形当然因人而异。有人说话如参禅，能少说就少说，最好是不说，一切尽在不言中；有人说话如蝉鸣，并不一定要表达什么，只是无意识地做口腔运动而已。说话，有时只是摇唇鼓舌，有时是为了表情达意，有时，却也是一种艺术。许多人说话只是为避免冷场，并不是要表达什么思想，因为他们的思想本就不多。至于说话而成艺术，一语而妙天下，那是可遇而不可求的——要记入《世说新语》或《约翰生传》才行。哲人桑塔亚那就说："雄辩滔滔是民主的艺术，清谈娓娓的艺术却属于贵族。"他所指的"贵"不是阶级，而是趣味。

最常见的该是两个人的对话，其间的差别当然是大极了。对象若是法官、医师、警察、主考官之类，对话不但紧张，有时恐怕还颇危险，乐趣当然是谈不上的。朋友之间无所用心的闲谈，如果两人的识见相当，而又彼此欣赏，那真是最快意的事了；如果双方的识见悬殊，那就好像下棋让子，玩得总是不畅。要紧的是双方的境界能够交接，倒不一定两人都要有口才，因为口才宜于应敌，却不宜用来待友。甚至也不必都健谈，而最宜一个健谈，一个善听。谈话的可贵之处在于共鸣，更在于默契。真正的知己，就算是默默相对，无声也胜似有声：这种情形当然也可以包括夫妻和情人。

这世间如果尽是健谈的人，就太可怕了。每一个健谈的人都需要一个善听的朋友，没有灵耳，巧舌拿来做什么呢？英国散文家海斯立德说："交谈之道不但在会说，也在会听。"在公平的原则下，一个人要说得尽兴，必须有另一个人听得入神。如果说话是权利，听话就是义务，而义务应该轮流承担。同时，仔细听人说话，轮到自己说时，才能充分切题。我有一些朋友，迄今未养成善听人言的美德，所以跟人交谈，往往像在自言自语。是音乐家，一定得能听音辨声，先能收，才能发。仔细听人说话是表示尊重与关心。善言，能赢得听众；善听，才能赢得朋友。

如果是几个人聚谈，又不同了。有时座中一人侃侃而谈，众人睽睽恭听，那人不是上司、前辈，便是德高望重之辈，自然拥有发言权，甚至插口之权。其他的人就只有斟酒点烟、随声附和的份儿了。有时见解出众、口舌便捷的人，也能独揽话题，语惊四座。有时座上有二人焉，往往是主人与主客，一来一往你问我答、你攻我守，左右了全席谈话的大势，也能引人入胜。

最自然也最有趣的情况，乃是滚雪球式。谈话的主题随缘而转，愈滚愈大，众人兴之所至，七嘴八舌，或轮流坐庄，或旁白助阵，或争先发言，或反复辩难，或怪问乍起而举座愕然，或妙答迅接而哄堂大笑，一切都是天机巧合，甚至重加排练也不能再现原来的生趣。这种滚雪球式，人人都说得尽兴，也都听得入神，没有冷场，也没有冷落了谁，却有一个条件，就是座上尽是老友；也有一个缺点，就是良宵苦短，壁钟无情，谈兴正浓而星斗已稀。日后我们怀念故人，那一景正是最难忘的高潮。

众客之间若是不甚熟稔，雪球就滚不起来。缺乏重心的场面，大家只好就地取材，与邻座不咸不淡地攀谈起来，有时兴起，也会像旧小说那样“捉对儿厮杀”。这时，得凭你的运气了。万一你遇人不淑，邻座远交不便、近攻得手，就守住你一个人恳谈、密谈，更有趣的话题、更壮阔的议论，正在三尺外热烈展开，也许就是今晚最生动的一刻。明知错过了许多赏心乐事，你却不能不收回耳朵，面对你的不芳之邻，在表情上维持起码的礼貌。其实呢，你恨不得他忽然被鱼刺哽住。这种性好密谈的客人，往往还有一种恶习，就是名副其实地交头接耳，似乎他要郑重交代的，句句都是肺腑之言，恨不得回其天鹅之颈，伸其长蛇之舌，来舔你的鼻子。你吓得闭气都来不及了，哪里还听得进什么肺腑之言。此人的肺腑深几许，尚不得而知，他的口腔是怎么一回事，早已有各种菜味，酸甜苦辣地向你来告密了。至于口水，更是不问可知，早已泽被四方矣，谁教你进入它的射程呢？

聚谈杂议，幸好不是每次都这么危险。可是现代人的生活节奏毕竟愈来愈快，无所为的闲谈、雅谈、清谈、忘机之谈几乎是不可能了。“偶然值林叟，谈笑无还期。”在一切讲究效率的工业社会，这种闲逸之情简直是一大浪费。刘禹锡但求“无丝竹之乱耳”，其实丝竹比起现代的流行音乐来，总要清雅得多。现代人坐上计程车、火车、长途汽车，都难逃噪声之害。到朋友家谈天吧，往往又有孩子在看电视。饭店和咖啡馆能免于流行音乐的，也很少见了。现代生活的一大苦恼，便是经常横被打断，要跟二三知己促膝畅谈，实在太难。

剩下的一种谈话，便是跟自己了。我不是指出声的自言自语，而是指自我的沉思默想。发现自己内心的真相，需要性格的力量。唯勇者始敢单独面对自己，唯智者才能与自己为伴。一般人的心灵承受不了多少静默，总需要有一点声音来解救，所以卡莱尔说："语言属于时间，静默属于永恒。"可惜这妙念也要言诠。

（摘自《读者》2014 年第 18 期）

这时候，你才算长大

张　洁

到了后来，你总是要生病的。

你不光头疼，浑身的骨头也疼，翻过来、转过去，怎么躺都不舒服，连满嘴的牙根儿都跟着一起疼。

这时，你首先想起的是母亲。想起小时候生病，母亲的手掌，一下下摩挲着你滚烫的额头的光景。你浑身的不适、一切的病痛，似乎都顺着她一下下的摩挲排走了。

好像你那时不论生什么大病，也不像现在这样难熬，因为有母亲替你扛着病痛。不管你的病后来是怎么好的，你最后记住的，都是日日夜夜守护着你的母亲，和母亲那双生着老茧、在你额上一下下摩挲的手。

你也不由得想起母亲给你做的那碗热汤面。当你长大以后，有了出息，山珍海味成了餐桌上的家常便饭，便很少再想起那碗热汤面。可是等到你重病在身，又茕茕孑立、形影相吊的时候，你觉得母亲亲自擀的那碗不过放了一把菠菜、一把黄豆芽，打了一个蛋的热汤面，才是你这辈子吃过的最美的美味。

于是，你不觉地仰起额头，似乎母亲的手掌，即刻会像小时候那样，摩挲过你的额头；你费劲地往干疼的、急需沁润的喉咙里，咽下一口难成气候的唾液……此时此刻，你最想吃的，可不就是母亲做的那碗热汤面？

可是，母亲已经不在了。

你转而思念情人，盼望此时此刻他能将你搂在怀里，让他的温存和爱抚将你的病痛消解。

他曾深爱过你。当你什么也不缺、什么也不需要的时候，他指天画地、海誓山盟、浓情蜜意、情意绵绵，要星星不给你摘月亮。可是，当你病到再也无法为他制造欢爱的时候，不要说摘星星或摘月亮，就是设法为你换换口味他也不愿意。

你退而求其次，什么都不说了，打个电话来安慰安慰也行。电话或手机就在他的手边，真正的举手之劳，可他连这个电话也没有打。当初每天一个乃至几个、一打就是一个小时不止的电话，可不就是一场梦。

……

最后你明白了，你其实没人可以指望。你一旦明白这一点，反倒不再流泪，而是豁达一笑。于是，你不再空想母亲的热汤面，也不再渴望情人的怀抱，并且毅然决然地关闭了电话。

你一边气定神闲地望着太阳投在被罩上的影子，从西往东地渐渐移动，一边独自慢慢地消化着这份病痛。

你最终挣扎着站起来，摇摇晃晃地走到自来水龙头下接一杯凉水，喝得咕咚咕咚。你惊奇地注视着这杯凉水，发现它一样可以解渴。

饿急了眼，你还会从冰箱里搜出一块干面包，没有果酱，也没有黄油，照样把它吃下去。

在喝过这样一杯水、吃过这样一块面包后，你大概不会再沉湎于浮华。即便有时你还得沉浮其中，那也不过是难免而清醒的酬酢。

自此以后，你再不怕自己上街、自己下馆子、自己乐、自己哭、自己应对天塌地陷……你会感到，“天马行空，独往独来”可能比和一个什么人摽在一起更好。

这时候，你才算真正地长大，虽然这一年，你可能已经70岁了。

（摘自《读者》2022年第12期）

旷野与城市

毕淑敏

城市是一粒粒精致的银扣，缀在旷野的墨绿色大氅上，不分昼夜地熠熠闪光。

我所说的旷野，泛指崇山峻岭，河流海洋，湖泊森林，戈壁荒漠……一切人迹罕至，保存原始风貌的地方。

旷野和城市，从根本上讲，是对立的。

城市侵袭了旷野昔日的领地，驱散了旷野原有的住民，破坏了旷野古老的风景，越来越多地以井然有序的繁华，取代我行我素的自然风光。

城市是人类所有伟大发明的需求地、展览厅、比赛场、评判台。如果有一双慧眼从宇宙观看夜晚的地球，他一定被城市不灭的光芒所震撼。旷野是舒缓的，城市是激烈的。旷野是宁静的，城市喧嚣不已。旷野包容万物，城市几乎是人一统天下……

人们用最先进的通信手段联结一座座城市，使整个地球成为无所不包的网络。可以说，人们离开广义上的城市已无法生存。

我读过一则登山报道，一位成功地攀上了珠穆朗玛峰的勇敢者，在返回营地的途中遭遇暴风雪，被困，且无法营救。人们只能通过卫星，接通了他与家人的无线电话。冰雪暴中，他与遥距万里的城市内的妻子，讨论即将出生的孩子的姓名，狂风为诀别的谈话伴奏。几小时后，电话再次接通主峰，回答城市呼唤的是旷野永恒的沉默。

我以为这凄壮的一幕，具有几分城市和旷野的象征。城市是人们用智慧和心血、勇气和时间，一代又一代堆积起来的庞然大物。在城市里，到处是文明的痕迹，以至于后来的人们，几乎以为自己被甲执兵，无坚不摧。但在城市以外，旷野无声地统治着大地，傲视人寰。

人们把城市像巨钉一样楔入旷野，并以此为据点，顽强地繁衍后代，创造出流光溢彩的文明。旷野在最初漠然置之，甚至是温文尔雅地接受着。但旷野一旦反扑，人就一筹莫展了。尼雅古城，庞贝古城……一系列历史上辉煌的城郭，湮灭在大地的皱褶里。

今天，旷野日益退缩着，但人们不应忽略旷野，漠视旷野，而要寻觅出与其相亲相守的最佳间隙。善待旷野就是善待人类自身。要知道，人类永远不可能以城市战胜旷野。

皮之不存，毛将焉附？

（摘自《读者》2019 年第 16 期）

我的父亲傅抱石

傅益瑶

每次看到父亲驼着背站在画桌边画画，我就觉得父亲一生的艰辛都在画里了。

父亲13岁时进入江西省立第一师范附属小学读书，老师为他取了一个学名叫傅瑞麟。父亲17岁时以第一名的成绩从高小毕业，被保送至江西省立第一师范学校读书。但入学读书需要缴纳一定数额的保证金，万般无奈之下，父亲想到乡下还有祖传下来的几分薄田。于是父亲就从南昌步行到300多里外的老家去借钱，结果隔房叔叔竟然不让父亲进门，说穷人家的孩子读什么书，连顿饭也不给吃，最后还是婶婶包了两个山芋给父亲……打这以后，父亲便下定决心要好好读书。

父亲小时候真的很苦，上了学也没有什么像样的衣服穿，冬天冷，他就把姐姐、妈妈的花褂子一件件地套在里面，最外面罩一件灰布大褂。

父亲常常对我们说，如果人不知道“饥寒”二字，那他是不会成人的。

父亲从小就喜欢刻图章，把石头放在腿上用刀刻，常常弄得自己血迹斑斑。不少人提到父亲的名字傅抱石，都说是父亲喜欢石涛以及屈原“抱石怀沙”的缘故。在我看来，父亲取名“抱石”这两个字的初衷，更多的是怀抱石头，喜欢刻图章而已。

父亲、母亲成长于截然不同的家庭。

母亲叫罗时慧，因为出生在奉天（今沈阳），所以小名叫奉姑。母亲是大户人家的女儿，从小就有一个同年丫头陪着。外公有四房太太，母亲虽然不是嫡出，但正房没有孩子，所以外公十分宠她，专门培养她读书，不要她做其他事情。

母亲长大之后，因为家庭声望很高，很多人都来求婚。外婆对母亲讲，绝对不要嫁到豪门，说：“宁到穷人家吃糠，不到富人家喝汤。”吃糠，大家一道吃苦，那种平等的幸福才是真的；喝汤虽然比吃糠好，但不平等的痛苦是最深重的。

母亲读中学的时候，就加入了共产主义青年团，蒋介石叛变革命后，母亲被动员回南昌女中读书，秘密进行地下宣传工作。

母亲是父亲的学生。母亲在学校非常调皮，父亲可能很喜欢母亲的这种性格，就追求她。父亲常常到母亲家里去给我舅舅讲故事、补功课，讨好母亲。父亲家境困难，娶母亲遭遇的阻力很大，特别是外公的三姨太，很难对付，父亲就买了许多衣料送给她，后来这个姨婆一直跟着我们住。另外，父亲又去借了一张存折，上面有1000块大洋，给外公看。外公其实对父亲的印象一直很好，但还是担心他太穷，看到父亲的存折，加上我外婆的力促，就同意了父亲的求婚。外公对父亲特别关照，说：“我的这个女儿什么也不会，你要一生照顾她。”

父亲没有食言，一直在照顾母亲。如果不是抗日战争时到了重庆，母亲可能连饭也不会做。后来家里的事情虽然是母亲管，但有两件事一直是父亲帮母亲做的：一件是叠被子，另一件就是捶背。母亲总说父亲捶背捶得好，拳头像小锤子一样，力量恰到好处。母亲总是头疼，父亲怕她乱吃药，就定时定量拿药给她吃。母亲原来不会做饭，但后来父亲的饭菜全是母亲张罗的，即便家中有了保姆，母亲也会亲自下厨为父亲做饭。

父亲的口味简单，但要求很高，他最喜欢吃母亲做的炒大肠和三杯鸡。父亲说母亲做的炒大肠简直跟红枣一样，又红又亮，紧紧的、圆圆的。三杯鸡则是我们江西的家常菜，鸡里放一杯酒、一杯酱油、一杯麻油。

母亲虽不是大美人，但十分可爱，特别是她的幽默诙谐，为大家所喜欢。母亲的鼻子很大，用我们江西话说，就是“鼻子大，心不坏”。有个算命先生给母亲算过命，说母亲的鼻子大，是福相，嫁了秃子，秃子会长头发；嫁了穷人，穷人会发财。但凡以后她跟父亲吵嘴时，就会一边打自己的鼻子，一边说：“把鼻子打掉，把鼻子打掉。”意思是不再让父亲有好运气。母亲的乐天，主要得益于小时候外公的宠爱。

1931 年 8 月的一天，徐悲鸿到南昌小住，父亲在朋友的引荐下去江西大旅社拜访了他。隔日，徐悲鸿到父母住处回访，当场画了幅《鹅嬉图》，画面上有只大白鹅，头顶一抹朱砂，引颈向天，红掌下几茎青草。父亲用别针把它别在中堂画上，然后送徐先生回旅社。母亲在等父亲回来的间隙，铺纸磨墨照画临摹了一幅，兴犹未竟，在青草地上又添了一只大鹅蛋……次日清晨，记者拥进家里，因前日他们没带相机，这日特意赶来拍画。母亲把自己临的画拿出来，一位记者惊叫起来：“昨天未见有鹅蛋啊，今日倒下了一蛋，神了！”母亲抿嘴一笑：“张僧繇画龙点睛，龙破壁而去；大师神手画鹅，昨日肚里就有了，一夜过来，自然生下了。”

母亲的乱真之作和幽默风趣令记者大为倾倒。

这类事情不止一件。有一天，父亲回到家里，帮佣的人告诉他，有位王先生等了他好久。父亲过去一看，只见这位先生戴着瓜皮帽，留着小胡子。父亲就问：“您是哪位？”这位先生说：“我认识你好久了，你怎么不认识我呢？”父亲愣在那里，怎么也想不起来。结果王先生“扑哧”一笑，原来是母亲假扮的。母亲的幽默名声在外，许多画商、古董商都说，画家太太中，傅抱石太太是“天下第一有趣”。他们看到母亲往往比看到父亲还要高兴。

父亲从来没有让母亲穷得没饭吃，甚至对母亲的情绪变化也都很关心。母亲是父亲心里的第一人，只要一出门，他就开始给母亲写信。在日本留学时，父亲差不多隔天就写封信，不论什么细节，比如新居里家具的位置，比如与朋友相聚时各人的座次，都会写信告诉母亲。后来，在与江苏画家作两万三千里旅行写生时，也是日日或隔日写信。当时同去的年轻画家中有一名新婚者，也只写了十来封，而父亲写了三四十封，让同行者感慨不已。父亲不论出差还是出国，总会精心为母亲挑选衣物，而且只为母亲一个人买。在罗马尼亚的商场里，父亲为母亲挑大衣，找了身材与母亲相仿的女售货员左试右试，才选定。

父母的感情很好，他们之间好像有说不完的话。我记得有段时间父亲住在楼上，母亲住在楼下。晚上，母亲总要端一杯茶送父亲上楼睡觉，过一会儿，父亲又送母亲下楼来。可他们说着话，不知不觉地，母亲又把父亲送上去，他们常常这样楼上楼下送来送去，我们看在眼里，在旁边笑个不停。

二姐在一篇回忆父母生活细节的文章中写道：“南京的夏天特别闷热，我们全家在院子里乘凉，母亲常常穿一套半新不旧的黑绸衫裤，睡在小竹床上，父亲就坐在母亲身边，手里摇着扇子。两个人一边说话，父亲一边帮母亲捶腰，往往捶至深夜，直到母亲睡熟。”母亲的腰病是生二姐时落下的，二姐有多大，父亲就帮母亲捶腰捶了多少年……母亲在父亲逝世 20 周年的时候写过一篇声情并茂的文章，谈到父亲的家庭责任感。母亲写道：“在家庭，他上对老母，下对儿女的关心全都无微不至，有时甚至使我感到有些过分。他哪怕离家只有 3 天，也必定有两封信寄回来。有时人都到了家，他进门便问我：‘今天收到信了吗？’我说没有。他却有把握地说：‘信太慢，在路上，不相信，你等着看，邮递员马上便会送来的。’真教我好气又好笑。他一生离家的时间，加起来也不满 5 年，家信却有一大皮箱。”

父亲有一个自定的规矩：如果不是出差在外，一定给母亲过生日，买礼物，然后给母亲画张画。而他自己从来不过生日。

父亲是 1965 年 9 月底去世的。那年夏天，他去湖南出差，当时血压已高得不得了。跟随父亲一起去的学生写信告诉母亲，说晚饭时父亲喝了很多酒，尽管很晚了，但仍说有件事不得不做。因为那一天是母亲的生日，他要给母亲画张画，那是一张很漂亮的扇面……父亲去世得很突然，顶梁柱一倒，母亲就觉得天崩地陷，一个月内完全不知所措。她从前不是一个能独立处理事情的人，但自那以后，母亲忽然具备了这种能力。

（摘自《读者》2022 年第 3 期）

画里阴晴

吴冠中

今春又路过故乡江苏宜兴县，热情的主人在匆忙中陪我去看灵谷洞。天微雨，主人感到有些遗憾。车窗外，雨洗过的茶场一片墨绿，像浓酣的水彩画。细看，密密点点的嫩绿新芽在闪亮；古树老干黑得像铁；柳丝分外娇柔，随雨飘摇；桃花，我立即记起潘天寿老师的题画诗“默看细雨湿桃花”，这个湿字透露了画家敏锐的审美触觉。

湿，渲染了山林、村落，改变了大自然的色调。山区的红土和绿竹，本来并不很协调，雨后，红土成了棕红色，草绿色的竹林也偏暗绿了，它们都渗进了深暗色的成分，统一于含灰的中间调里，或者说它们都蕴含着墨色了。衣服湿了，颜色变深，湿衣服穿在身上不舒服，但湿了的大自然的景色却格外有韵味。中国画家爱画风雨归舟，爱画“斜风细雨不须归”的诗境。因为雨，有些景物朦胧了，有些形象突出了，似乎那位宇宙大画家在挥写不同的画面，表达着不同的意境。

我自学过水彩画和水墨画后，便特别喜欢画阴天和微雨天的景色，但我不喜欢英国古老风格的水彩画。我以往的水彩画可说是水墨画的变种，从意境和情趣方面看，模仿西洋的手法少，受益于中国画的成分多。西洋画中也有表现风雨的题材，但西洋画是将风雨作为一种事故或大自然的变化来描写的，很少将阴雨作为一种欣赏者自身的审美趣味来表现。西方风景画之独立始于印象派，印象派发源于阳光。画家们投靠阳光，说光就是画面的主人，因之一味分析色彩与阳光的物理关系，甚至说“黑”与“白”都不是色彩，而中西画家大都陶醉于阳光所刺激的强烈的色彩感，追求亮、艳、丽、华、鲜……多半是从“晴”派生出来的。

曾有画油画的人说，江南不宜画油画。大概就是因为江南阴雨多，或者他那油画技法只宜对付洋式的对象。数十年来，我感到在生活中每次表现不同对象时，永远需寻找相适应的技法，现成的西方的和我国传统的技法都不很合用。浓而滞的油画里有时要吸收水分，娇艳的色彩往往须渗进墨韵……人们喜欢晴天，有时也喜欢阴天，如果说阴与晴中体现了两种审美趣味，则鱼和熊掌是可以兼得的。

又画油画又画水墨，我的这两个画种都不纯了，只是用了两种不同的工具而已。头发都灰白了，还拿不定主意是该定居到油画布上，还是从此落户在水墨之乡！

（摘自《读者》2014 年第 21 期）

寂寞红与伤心碧

流沙河

《长恨歌》的“落叶满阶红不扫”一句欠通顺，应改为“红叶落满阶不扫”。这样一改，通是通了，仍嫌别扭。原来这是“红叶落满阶”“不见人来扫”两句合并后的省略句。

白居易把“红”挪到后面去，明知这样做欠通顺，还是挪了。他这样做，为了什么？为了使“红”从形容词变为名词。这样一变，把一句断成两截，把一个形容词剖成了两个形象：一个是“落叶满阶”的形象，一个是“红不扫”的形象。这样就把名词的“红”字突出了，使读者一瞥难忘。

“红叶”这个词突出的是叶而不是红。白居易为了突出红，所以不顾语法习惯，挪移位置，以为己用。画家画秋山红叶图，点染一片胭脂红，并不细画叶片，有意使叶的形象模糊，使红的印象鲜明，也是为了突出一个“红”。画家使用的手法同诗人使用的手法如出一辙。

这里的“红不扫”除了暗示幽闭状态外，恐怕还暗示着愁难消。满阶落红—满庭寂寞—满怀忧愁，这是一个从景到情的转换过程。某种景引起某种情，某种情寓于某种景。物我之间就这样互相影响着，这该是诗的辩证法。

色彩的象征问题不宜说死了。认为某种色彩一定象征着某种情绪，那就未免太刻板教条。

《长恨歌》里还有这样几句说到色彩和声音的：“蜀江水碧蜀山青，圣主朝朝暮暮情。行宫见月伤心色，夜雨闻铃肠断声。”夜雨声和风铃声，逃难的玄宗皇帝听了要“肠断”。月光的银白色，逃难的玄宗皇帝见了要“伤心”。那水碧，那山青，在逃难的玄宗皇帝看来，不可能是佳色，只能是“伤心碧”和“断肠青”。李白的《菩萨蛮》前半阕：“平林漠漠烟如织，寒山一带伤心碧。暝色入高楼，有人楼上愁。”在高楼上的那位愁人眼里，一带秋山碧得教人伤心，可作旁证。

（摘自《读者》2021年第6期）

蚕与蜘蛛

黄永武

世界上有两种会吐丝的动物，它们吐丝，都在叙述着美丽的心境。蚕吐丝成茧后，将身子幻化其中，做了一个“能入能出”的美梦；蜘蛛吐丝成网后，置身其外，定了一个“能进能退”的战略。它们都替自己做了精细的盘算。

蜘蛛是肉食主义者，一出手即显强悍，从东到西，从竖到横，所拉的每一根丝都将置他人于死地。它选择通风的天井，或者艳花枯枝之间，占住必经的要津，布下罗网，不怕对方不送上门来。盘算既定，就算秋风一再地把网刮破，它也阴沉沉地耐心重做。等到蛛网既成，它就在网中央逡巡，每天总是擒获、杀戮无数，并为之踌躇满志。

蚕乃素食主义者，秉性保守节俭，吃桑叶时沿着叶缘扫食，连一点碎屑都舍不得浪费，涓滴不漏地吃光，所以叫作“蚕食”。它生性坦荡，只顾自己的成长与蜕化，把粗糙的桑叶化成细韧的丝线，把臃肿的身躯化作蛹，化作能飞的蛾。它不像蜘蛛那样今日斩获今日享用，只顾当下的苦乐，蚕寄希望于实现未来理想，完成化蝶的梦。

但不知为什么，古往今来的许多诗人同情蜘蛛，讥笑着蚕。有人从“网疏”“网密”上着眼，说蜘蛛结的网疏，春蚕结的网密。网密，自以为护住了身体，没想到丝绵却被别人用来取暖；网疏，反倒没人去摘取，便有了享用美味的可能。所谓“密织不上身，网疏常得食”，真是令人始料不及：算计得太精的密网，反而落了个空，不如疏疏的网，似有似无，飨食无穷！

又有诗人从“吐尽”与“藏腹”上着眼，同样肚里“满腹经纶”，春蚕全吐了出来，到死方休；而蜘蛛则用多少吐多少，腹内总是盈满，高深莫测，令人难论长短。爽快吐尽的蚕，注定了悲剧收场，而深藏不露的蜘蛛，却来去自如，永远是赢家。诗人郝经这样评论：“作茧才成便弃捐，可怜辛苦为谁寒？不如蛛腹长丝满，连结朱檐与画栏！”他认为蚕不如蜘蛛聪明。

又有人从“藏身”反而“误身”的角度着眼。蚕费了千丝万缕去经营，只图能退藏一己之身，但这世界不允许谁后退，后退的人要找个藏身之所也很难，退藏的想法往往只能“误身”，在自以为“功成”身退的时候，却被丢到汤火之中。这本就是弱肉强食的世界，所以曹言纯才有“十日身投汤火里，不须回首笑蜘蛛”的惋惜。

不过，我还是很同情蚕的。自己被投入鼎镬，轻暖却归属别人，纵使结果如此，也无怨无悔，因为蚕有着身上长出翅膀的梦想，而有些梦想本身就值得付出一切苦痛的代价。比起那个只知守在阴暗角落里，用能折射出霓虹色彩的蛛丝诱骗人，只想占人便宜，一生不知做了多少恶事却全然无梦的现实家伙，蚕活得有意义多了！不是吗？

（摘自《读者》2022年第22期）

别时容易

蒋　勋

张大千有几方印记是我喜欢的，如“三千大千”“大千好梦”等，而我最喜欢的一方是“别时容易”。

大风堂收藏的书画皆是名作，尤其是石涛、八大山人的作品。这些作品曾经多从大千先生手上流散出去，因此凡从大风堂流散出去的作品便大都钤有“别时容易”的印记。

对一个精于鉴赏的人来说，一旦不得已要将自己收藏的珍爱之物拱手让人时，就有难以言喻的感慨。这一方小小的“别时容易”，虽然钤在不起眼的角落，却使我感到一种爱物如人的伤逝之情。

我自己是不收藏东西的。艺术上的珍贵之物，经历了久远的年代，也仿佛是久经劫难的生命，常使人产生痛惜之心。不知道是不是因为惧怕这痛惜，我对一切人世可眷恋的美好之物，宁愿只是欢喜赞叹，而无缘爱，也无缘占有吧。

纳兰容若有一句词说“情到多时情转薄”，我想是可以理解的。

小时候，我其实很有收藏东西的癖好。一些本来微不足道的小物件，如玻璃弹球、朋友的信、照片、卡片等，因为保存了几年，重新翻看把玩时，似乎就有了特别的意义，使人眷恋珍惜。而每次到抽屉堆满，不得不清理掉时，便有了难以割舍的痛惜。

我们能有多大的抽屉，去收藏保有生活中每一件琐屑之物中不舍的人情之爱呢？

几次的搬移迁动，在地球的各个角落暂时栖身，让我终于习惯了“别时容易”的心情。

“别时容易”也许是从李后主“无限江山，别时容易见时难”脱胎出来的吧。但是，去掉了头尾，截出这四个字来，镌成图章，便仿佛多了一层讽喻。把这样的一方印记，一一盖在将要告别的心爱之物上面，那些在人世间流转于不同眷恋者爱抚之手的书画，也似乎是有沧桑之感的生命了，使人痛惜，令人不舍啊！

小时候有收藏东西的癖好，其实也是因为东西实在不多。在物质贫乏的年代，往往一件东西可以用好多年，那从俭省而生的珍惜，最后也就成了一种对物件的不舍之情吧！

随着物质的繁盛多余，有时候不经意地舍弃一件东西之后才发现，原来物质的富裕已经变成了对物的薄情了。

在许多以富裕繁华著名的大城市中，每天夜晚都可以看到堆积如山的垃圾，各种尚且完好的家具、电视机、冰箱，质料细致的服装等，都被弃置路旁。我行走于那些街道之间，留恋于那月光下凄然被弃的物件，感觉到一种大城市的荒凉。是因为富裕，使我们对物薄情；是因为对物的不断厌弃、丢掷，造成了这城市中人与人的薄情吗？

工业革命以后的大城市真是荒凉啊！仿佛在繁华最盛的时刻已经让人看到了以后的颓圮，仿佛所有的富裕都是为了把现世装点成一个废墟。

我不再收藏东西，不再保有太多东西，不再执着于情爱的缠绵，也许正是害怕那对物、对人的薄情吧。

我愿意，每一次告别一事、每一次告别一物时，仍然有那“别时容易”的痛惜。有许多遗憾和怅惘，也有许多歉意和祝福。

大千世界，所有与我相遇的物与人，容我都一一钤盖这“别时容易”的印记吧！

（摘自《读者》2014 年第 12 期）

看　青

申赋渔

由于担心有人或者小动物偷盗庄稼，小队长请了我爷爷去“看青”。

申村大片的耕地，在半夏河的南岸。做活的人们，每天都要踩着吱呀作响的小木桥过去。一过小木桥，在左手的河岸边上，有一棵高大的刺槐。刺槐树的底下搭了一个小草棚，爷爷就住在这个棚子里。

棚子是我的木匠爷爷自己搭的。他用两排长长的树干，架成了“人”字形的骨架，再在骨架两边的斜坡上铺上高粱秆和稻草。棚子里面的泥地上铺着麦秸，软软的，透着一股清香。奶奶又给他在麦秸上铺了一张草席，荞麦枕头也是专门从家里拿来的。“看青”这件事，爷爷也才做了一年。当时是因为什么事，跟奶奶赌气，正好小队长找人看青，他就去了，这样可以不住在家里，算是一个老人的“离家出走”。他去看青之后，庄稼既没有大的损失，也没有什么“鸡飞狗跳”。村里人都很满意，他自己得到了更多的尊重，也高兴，虽然与奶奶早已和好，但第二年还是继续住在野地里。

小满过后，爷爷把大槐树底下的棚子收拾好，背了铺盖住过去。我和奶奶就每天晚上来给他送饭。奶奶迈着小脚，拎着一只竹篮，里面是一盘菜，一碗饭，一只长嘴的白瓷茶壶和一只茶盏。我抱着一只竹壳的热水瓶，走在她旁边。家里的小黄狗也跟着过来了，一会儿跑到前面，一会儿跑到后面。

我们到了，如果正好爷爷到地里去巡视，我们就在桥头坐下来等。小黄狗"呼"的一声就跑没影了，它去找爷爷。

奶奶把碗、盘、茶盏从竹篮里拿出来，摆在桥板上，然后从长嘴的白瓷茶壶里倒出一盏茶。茶还没凉，小黄狗就又窜了回来，对着我们直摇尾巴。这时候，能听到爷爷轻轻一声咳嗽，不紧不慢地从庄稼地里走了出来。我朝他大喊："爷爷，今天有红辣椒。奶奶说要辣你，你怕不怕？"

爷爷说："好，好。"他走过来，拍拍我的头，靠着桥栏杆坐下来。他先要喝一盏茶，喝完了，看着河水定一定神，才拿起筷子吃饭。他吃饭很仔细，很认真，碗里从来不肯剩一个饭粒。

吃好了，奶奶把碗筷拿到桥下河水里去洗，洗碗的时候抬头问爷爷："不曾有事吧？"爷爷掏出他的水烟壶，嘴里应道："不曾有事。有个人，我咳了一声就走了。""不曾打照面吧？""不曾打照面。我走得远了才咳的，不会难为情。"

一般从田地里顺手牵羊捞点粮食回家的，都是妈妈们。她们知道爷爷就在附近，她们也知道爷爷看得到她们，所以下手并不过分。只要不过分，爷爷就不会过来。实在有不自觉的人，爷爷才会在远处咳一声，提醒她离开。

爷爷“吧嗒”“吧嗒”地吸起水烟，烟壶上的火星在他的呼吸间一明一灭，这在夏夜的河上是十分协调的。河面上到处都是萤火虫。一层薄薄的雾，贴着水面流动着，使得萤火虫的闪烁，一会儿迷蒙，一会儿清晰。

我 10 岁时，奶奶去世了。奶奶去世后，就埋在半夏河北岸的一块坟地里，离爷爷“看青”的小棚子不远，隔着河，斜斜地对着。奶奶去世时，村里的田地刚刚分到各家各户，再也不需要有人“看青”了。可是爷爷不让拆那个棚子，他还要住在那里。伯父和父亲怎么劝他也没有用。

伯父带了工具，把小棚子修理得结实些。爷爷不看他，搬了一把凳子，坐在大槐树底下看半夏河的水。

我一放了学，就去看爷爷。喊他一声，他抬起头，应一声，又专心用小刀和凿子，雕刻手上一个扁扁的盒子。

在乡下，一个人去世之后，家人会把他的名字写在一块细细长长的小木牌上，再在这个木牌下面加一个小小的木头座子，让它立着，样子就像一个小小的墓碑。这叫“木主”，也叫“牌位”。牌位放在每家堂屋里的香案上，逢年过节，或者亡人忌日时，都要烧香祭拜。人去世了，他的灵魂偶尔还会回家来看看的，回到家里，就停驻在这个牌位上。家里最重要的物件就是这个牌位。如果搬家，什么都可以扔下，唯有牌位一定要带着。没有牌位，跟去世的亲人就真正割断联系了。

爷爷雕刻的，是罩着奶奶牌位的一个木盒子。我几乎从来没有见过任何一家的牌位上罩这么一个盒子，最多就是在上面扎一小块红布。爷爷是想把奶奶的牌位装扮得更堂皇、更珍贵些。

奶奶去世后，爷爷不再吃早饭，午饭也不按时吃。他说不定什么时候就会来到伯父家或者我家。伯母和母亲无论在做什么，看到他回家了，就立即停下手里的活计，给他做饭。他就静静地在桌子旁边的椅子上坐着。常常是下一碗面条，炒两个鸡蛋，这样最快。

每天晚上是我给爷爷送饭。爷爷吃过饭，自己到河边去洗碗筷，洗好了，递给我。然后他就在槐树底下的凳子上坐着，小黄狗缩在他的脚旁边，一动也不动。他既不喝茶，也不抽烟，原先那套讲究的仪式完全没有了。我陪他坐了一会儿，他就站起身，说："回吧。"我们一起过小木桥，我往家走，他拐弯往西，沿着半夏河的北岸往奶奶坟地的方向去。

他每天晚上都到奶奶的坟地转一圈。奶奶的坟离河岸有几十米，在许多坟的中间，没有路通过去。爷爷只是从河岸上走过去，走到坟地附近了，站一站，看一眼，就转头回他的小草棚。

这年的冬天很冷，过了小寒，一连下了好几天的雪，雪积得厚厚的，都不好走路了。

小木桥上积满了雪，篾匠烤了几只山芋拿过来送给爷爷。爷爷躺在被子里，没有起床。篾匠掀开门帘子喊："木匠，木匠。"

爷爷轻轻答应一声。篾匠走到他旁边，蹲下来，用手在他头上一摸，额头滚烫，爷爷在发烧。

篾匠赶紧回村子喊我伯父。伯父跟伯母正在门口铲雪，把铁锹一扔，急急忙忙往小木桥跑。

伯父帮爷爷穿好衣服，伯母扶着，让他趴在伯父的背上。伯父把爷爷背回村，送到我们家。爷爷的房间在我家，他是一直跟我们过的。父亲在学校里上课，有人给他捎了信，他连忙请了荷先生，陪着一起回家。

荷先生给爷爷开了几服中药。过了十多天，爷爷的重感冒才好。伯父和父亲早把他的棚子拆掉了。

爷爷走到半夏河的岸边，看了看对面孤零零的大槐树，叹了口气，不再提要出来住的话。

奶奶是 1980 年去世的，爷爷是 1993 年去世的。这十几年来，爷爷大部分时间就坐在家门口的椅子上打瞌睡。

1993 年，我在珠海。

高中毕业之后，我到外地去打工。我离开家的那天，天还没有大亮，爷爷没有起床。离开家的前一天，爷爷一直坐在柿树下的椅子上，双手握着拐杖的龙头，下巴搁在手背上打着瞌睡。蝉的叫声由远而近连成一片。这是我最后见到的爷爷的样子。

（摘自《读者》2022 年第 16 期）

何谓知己

沈嘉柯

也许你很难想象，一个孤独者要寻找的其实是另外一颗孤独的心，而不是人群中特别能享受热闹的人。就像失恋的人马上去找一个新的恋人，其实得到的不是治愈，而是一种慰藉。

茫茫人海中，孤独者的鼻子远远地就能闻到同类的气息。因为气味相投，所以注定会相逢。

人生于世上，能有几个知己？其实一个就够了。但偏偏就这么一个，教你踏破铁鞋无觅处。

白居易一生给元稹写了很多诗，有一首其实相当朴素，诗句也不惊人，我却格外喜欢。

这首诗就是《别元九后咏所怀》："零落桐叶雨，萧条槿花风。悠悠早秋意，生此幽闲中。况与故人别，中怀正无悰。勿云不相送，心到青门东。相知岂在多，但问同不同。同心一人去，坐觉长安空。”

我是被最后一句“坐觉长安空”打动的。

当你在乎一个人、惦记一个人，情到深处，这个人跟你不在一个城市时，你会觉得整个城市都空荡荡的。

或者，得到了知己，又开始忧伤，总有一天死亡会把你和知己分开。

清代的何瓦琴有一联句：“人生得一知己足矣，斯世当以同怀视之。”

后来鲁迅将这句话亲手抄下来，赠给瞿秋白。以鲁迅当时的名望和社会地位，这两句话的意义实在是太厚重了，深挚情谊溢于言表。

再后来，瞿秋白牺牲了，鲁迅先生为他整理文稿出书。虽然他们的年纪相差较大，但先生看人一贯经验老到，二人之所以能够结下深厚的友谊，主要还是缘于瞿秋白的真诚。

人与人的感情，有君子之交淡如水，也有知己慰孤独，深不可测。爱的最高境界是爱人如己，爱一个人像爱自己。情人恋人、亲人好友，极少数能够达到这种境界。

所谓知己，就是那个人跟自己太像了，就像是自己灵魂的一部分，单独化身为另外一个人。

相知这件事根本不问年纪，不问男女，不管身份地位，只问心意是不是相通。

尔后，“君埋泉下泥销骨，我寄人间雪满头”。世间再无同怀。

（摘自《读者》2019 年第 10 期）

春 软

盛 慧

三月，阳光还是稚嫩的，草木带着清纯、甘甜的气息，吸一口，心里就甜丝丝、清亮亮的。在无边无际的旷野里，小花正在绽放，露出好看的小牙齿，像一群叽叽喳喳的小女孩，讨论一块新买的鲜蓝布料。村庄的样子已经与上个月迥然不同，光线要多明亮就有多明亮；错落的房舍就像刚洗过澡一样，精神抖擞，露出雪白的身子和乌黑的头发；门上的红对联，像口红一样鲜艳。门口的场院上还晾晒着过年时留下的年货，那些腌过的肥肉，像盐一样晶莹，看一眼就让人心满意足。风像棉花糖一样柔软，拂在脸上，又满是羞涩地散开了。

上午的风，还带着些许凉意，到了中午，就暖和了许多，懒洋洋的，就像一个喝醉的人，走着走着，闭上了眼睛，找不到方向了。寂静无边无际，只有轻微的“嗡嗡”声。小虫子正挥着翅膀，在草丛间忙碌。河水的颜色不似冬日那般凝重，浅绿浅绿的，显得很欢快。它拍打着小船，像母亲一样，一边唱着催眠的小曲儿，一边拍打着熟睡的婴孩，满目深情。鱼儿们成群结队地从河底游到水面，享受着阳光的抚摸。村子里的小路，现在仍然铺满碎金子般的阳光，但过不了多久，就会被浓密的树荫所遮盖，这树荫会变得越来越深，越来越暗，把明亮的小路变成幽暗的隧道，把我们的村庄变成黑漆漆的酒窖。

下午的村庄，就像一只空空的箩筐，除了风和蝴蝶，村子里没有任何来客。老妇们坐在场院上晒太阳，她们的身子就像潮湿的床单，需要在阳光下反复晾晒。她们手里并没有闲着，有纳鞋底的，有补衣服的，有织毛衣的。她们谈论着陈年旧事，谈论着逝去的人儿，语气平淡，却有一种清淡的芳香，就像夹在书页中的花瓣。

像一段早已熟悉的优美旋律，黄昏终于来临。这是孩子们最欢喜的时刻，在玫瑰色的光线下，他们像小狗一样欢快。他们开始捉迷藏，隐藏与寻找让他们获得难以言说的快慰。他们隐藏在门背后，隐藏在草堆中，隐藏在木橱里。他们隐藏在村庄的幽暗处，隐藏在那些年迈苍凉的褶皱里。一阵阵的嬉笑声，一不小心就会惊醒那些沉睡的幽灵。

天色暗了下来，村庄开始变得模糊，远处的群山消失了，接着是门前的河流，最后，村庄像被啃完的骨头，只剩下浅浅的轮廓，让人觉得既熟悉又陌生。喧闹的声音也渐渐变小，村子里走动的人越来越少，就像一场戏已经散场，村庄中央的池塘和晒谷场，空旷得令人忧伤。偶尔传来有人赶鸭子回家的吆喝声，也和炊烟一起被风吹散了。夜色更重了，银子一样清凉的小月牙，刚一出现，就被云朵紧紧抱在了怀里……村庄像被一辆马车悄悄载走了，越来越远，越来越远。

（摘自《读者》2022 年第 5 期）

为人间止疼

朱成玉

一位诗人说，“亲爱的”这三个汉字，像三块烤红薯。

我觉得，一个烤红薯，一个人吃，比不上掰开来，两个人一起吃香甜。我与妻子结婚后的第一年除夕，烟花绚烂之时，别人在享用丰盛的年夜饭，我们却只有一个烤红薯。

第二年除夕，我们有 18 元钱。我们买来一张红纸，自己写对联，还买了一些很便宜的菜，够吃好多天，泡菜豆皮卷是我的最爱，是年夜饭的主打菜。

第三年除夕，孩子把菜里的一点点肉夹给她妈妈，她妈妈将肉夹回她碗里，孩子又把肉夹给我。我躲开了，背过身去，让眼泪成功地避开了她们的视线。

从那一刻起，我发誓，一定要让她们过上好日子。

好多个傍晚，扛了一天麻袋的我，步履蹒跚地往出租屋走，一路上看到万家灯火，想着某一天，会有一盏灯是独属于我们的。

春天倒寒潮，炉子不好烧，屋子里浓烟滚滚，我们分不清自己到底为何而流泪。

孩子发着高烧，我们抱她去医院，却没有钱输液，只好去药店买退烧药。大颗的泪珠掉到孩子脸上。孩子伸出小手，为我擦眼泪："爸爸不哭，宝宝不难受了。"

我们经历着人间的疼，却依然热气腾腾地活着。老婆比我更坚强，她从没有在那些苦日子里掉过一滴眼泪。但当我们终于在这座城市里有了自己的房子时，她的眼泪再也没能忍住，汹涌而出，仿佛一座堤坝被轰然炸毁。

这个世界上，每个人都不容易。

盛夏烈日下，我曾看见一个卖雪糕的老人，在路口孑然而立，苍老的脸晒成古铜色。我问他，为何不去找一个阴凉的地方。他说，这个路口来往的车和人很多，他可以多赚点儿钱。老伴儿和他都生病了，一服中药要很多钱呢。

我把手中的太阳伞送给他，又把他的雪糕都买走了。我的心疼得厉害——他把仅有的那点儿甜售卖出去，然后换回更苦的药，去医自己半生的疼。

记得有一个风雪天，胖婶儿在垃圾箱边捡到一个婴儿，那是个女娃。她向有关部门提出申请收养了女娃。她把女娃拉扯到三岁大，女娃却不幸因白血病去世。估计女娃的亲生父母是因为知道女娃有这个病，所以把她遗弃，任她自生自灭。这是一件悲伤的事，胖婶儿却擦了擦眼泪说："这孩子好命，死在我怀里，比死在风雪里好。"她说的这些话，仿佛在安慰自己，又仿佛在安慰人间。

人间的疼痛是漫无边际的。即使你再觉得疼，这种疼也只是冰山一角，你永远无法尝尽人间所有的疼。好在，万家灯火渐次亮起，它们就像一粒粒火种，渐渐地蔓延成一张灯光之毯，用光和温暖，为人间止疼。

（摘自《读者》2022 年第 21 期）

鲁迅的壁虎与猴头菇

许晓迪

薛林荣所著的《鲁迅的饭局》里写了一只壁虎。不是作为吃的，而是作为宠物。

1912 年 5 月 5 日，鲁迅随教育部从南京迁到北京，第二天便住进了宣武门南半截胡同的绍兴会馆，被 34 只臭虫赶到桌子上睡了一夜。白天，他去教育部上班，“枯坐终日，极无聊赖”，晚上听着福建来的邻居“大嗥如野犬”，平时以抄古碑、辑古书、读佛经的方式消遣度日。夏夜，他便坐在槐树下，“从密叶缝里看那一点一点的青天，晚出的槐蚕又每每冰冷地落在头颈上”。

一只壁虎，被他养在小盒子里，每天喂稀饭，长得又胖又大，人来了也不逃走——这只小宠物，是他枯寂生活中的一点小小情趣。

在《鲁迅的饭局》里，鲁迅是“北漂”一族，吃不起广和居的烩海参、烩鱼翅、糟熘鱼片，只能吃些熘丸子、炒肉片之类廉价的家常菜；常常嘴里“淡出个鸟来”，动辄饮于酒馆；他喜欢稻香村的萨其马，曾站在北京的街头大吃葡萄，夜里写完 2 封信、吃了 3 个梨，还要在日记里感叹一句“甚甘”。

自 1912 年来到北京，至 1936 年在上海去世，鲁迅 24 年间的饮食地图和人生轨迹被作者薛林荣一一写下。一场场“饭局”背后的鲁迅，是一个微观、立体的鲁迅——他是首席气象记录师、现代图书封面设计师、重度甜食爱好者、另类宠物饲养员、植物爱好者……伫立于民国历史现场，串联起一张繁复的知识分子之网。他们通过饭局相识、相交、相离，从亲密无间到冷嘲热讽，甚至大打出手，背后涌动着错综复杂的政见、思想与人情世故，却往往被斩钉截铁般的宏大叙事轻易掩盖。

到了 1936 年，鲁迅的身体日渐衰弱。吃饭由许广平送至楼上，半小时后许广平去取盘子，饭菜有时竟原封未动。6 月后，更是几乎逐日接受注射，间断地发热、吐血。8 月 25 日，鲁迅得到曹靖华寄来的“猴头菌四枚，羊肚菌一盒，灵宝枣二升”。两天后回信道：“红枣极佳，为南中所无法购得；羊肚菌亦做汤吃过，甚鲜。猴头菌闻所未闻，诚为珍品，拟俟有客时食之。但我想，如经植物学家及农学家研究，也许有法培养。”再过 11 天又写信，还是津津乐道：“猴头菌已吃过一次，味确很好，但与一般蘑菇类颇不同。南边人简直不知道这名字。”

而此时距离他病逝，只有一个半月。

这年 10 月，鲁迅只活了 19 天，却去剧院看了 3 部片子，还惊喜地写信向朋友推荐。去世前 8 天，他领着全家去法租界看房子——在他眼里，生活依然充满乐趣和希望，未来还有很长的路。

这就是鲁迅，对一只壁虎、一枚猴头菇的热爱里，是一颗强韧而柔软的心。

（摘自《读者》2021 年第 16 期）

一个人的名字

刘亮程

人的名字是一块生铁，别人叫一声，就会被擦亮一次。一个名字若两三天没人叫，名字上就会落一层土。若两三年没人叫，这个名字就算被埋掉了，上面的土有一铁锨厚。这样的名字已经很难被叫出来，名字和它所从属的人之间有了距离。名字早寂寞地睡着了，或朽掉了；名字后面的人还在瞎忙碌，早出晚归，做着莫名的事。

冯三的名字被人忘记50年了。人们扔下他的大名不叫，都叫他冯三。

冯三一出世，父亲冯七就给他起了大名：冯得财。等冯三长到15岁，父亲冯七把村里的亲朋好友召集起来，摆了两桌酒席。

冯七说："我的儿子已经长成大人，我给起了大名，求你们别再叫他的小名了。我知道我起多大的名字也没用，只要你们不叫，他就永远没有大名。当初我父亲冯五给我起的名字多好，冯富贵，可你们硬是一声不叫。我现在都 60 岁了，还被你们叫小名。我这辈子就不指望听到别人叫一声我的大名了。我的两个大儿子，你们叫他们冯大、冯二，叫就叫去吧，我知道你们改不了口了。可是我的三儿子，请你们饶了他吧。你们这些当爷爷奶奶、叔叔大妈、哥哥姐姐的，只要稍稍改个口，我的三儿子就能大大方方地做人了。”

可是，没有一个人改口，都说叫习惯了，改不了了。或者当着冯七的面满口答应，背后还是“冯三”“冯三”地叫个不停。

冯三一直在心中默念自己的大名，他像珍藏一件宝贝一样珍藏着这个名字。

自从父亲冯七摆了酒席，冯三就坚决不再认这个小名，别人叫冯三他硬是不答应。“冯三”两个字飘进耳朵时，他的大名会一下子跳起来，把它打出去。他从村子一头走到另一头，见了人就张着嘴笑，希望能听见哪怕一个人叫他冯得财。

可是，没有一个人叫他冯得财。

“冯三”就这样蛮横地踩在他的大名上面，堂而皇之地成了他的名字。已经五十年了，冯三仍觉得别人叫的“冯三”这个名字不是自己的。夜深人静时，冯三会悄悄望一眼像几根枯柴一样朽掉的那三个字。有时四下无人，他会突然张口，喊出自己的大名。很久，没有人答应。冯得财像早已疏远的一个人，50 年前就已离开村子，越走越远，跟他，跟这个村庄，彻底没关系了。

“为啥村里人都不叫你的大名冯得财？一次都不叫？”王五爷说，“因为一个村庄的财是有限的，你得多了别人就少得，你全得了别人就没了。当年你爷爷给你父亲取名冯富贵时，我们就知道，你们冯家太想出人头地了。谁不想富贵呀？可是村子就这么大，财富就这么多，你们家富贵了别人家就得受穷。所以我们谁也不叫他的大名，一口冯七把他叫到老。可他还不甘心，又希望你长大得财。你想想，我们能叫你得财吗？你看刘榆木，谁叫过他的小名？他的名字不惹人，一个榆木疙瘩，谁都不眼馋。还有王木叉，为啥人家不叫王铁叉？木叉柔和，不伤人。”

虚土庄没几个人有正经名字，像冯七、王五、刘二这些有头有脸的人物，也都是一个姓加上兄弟几个的排行数，胡乱地活了一辈子。他们的大名只记在两个地方：户口簿和墓碑上。

你若按着户口簿点名，念完了也没有一个人答应，好像名字下的人全不见了。你若到村边的墓地走一圈，墓碑上的名字你一个也不认识。似乎死亡是别人的，跟这个村庄没一点儿关系。其实呢，你的名字已经包含了生和死。你一出生，父母请先生给你起名，先生大都上了年纪，有时是王五、刘二，也可能是路过村子的一个外人。他看了你的生辰八字，捻须沉思一阵，在纸上写下两个或三个字，说：“记住，这是你的名字，别人喊这个名字你就答应。”

可是没人喊这个名字。你等了十年、五十年，你答应了另外一个名字。

起名字的人还说：“如果你忘了自己的名字，一直往前走，路尽头一堵墙上，写着你的名字。”

不过，走到那里已到了另外一个村子。被我们埋没的名字，已经叫不出来的名字，全在那里彼此呼唤、相互擦亮。而活在村里的人相互叫着小名，莫名其妙地为一个小名活了一辈子。

（摘自《读者》2019 年第 12 期）

过年时

邓安庆

母亲的起床声是窗外的鸡啼，我的起床声则是侄子们的呼唤。他们一个 6 岁，一个 3 岁，在我睡梦正酣之时，忽然锐声喊着“奶奶，奶奶”，非要等我妈回应了方休。那时候，我妈可能在灶房烧火，可能在楼上晾晒衣服，呼唤声一起，她立马就要扔下手头的活儿，一路小跑地撵到卧室去，晚了的话两个小鬼头又要一顿号哭的。她的一天就是这样开始的，催着两个侄子起床，给他们一个个把完尿，穿好衣服，又赶着去热菜。中间穿插着小侄子摔了一跤她急忙去安抚，大侄子玩烟花炮她高声呵斥，水缸里的水溢出来她又赶过去关掉水龙头。

她的新年也是一样地没有空闲，她要完成整个大屋子的清扫，三餐的饭食，招待前来拜年的亲友，清洗每天家里人因为在村庄泥地里走来走去变得脏兮兮的衣物。白天忙罢，晚上又要准备好全家人的洗澡水，待到都洗好澡，她就着洗澡盆吭哧吭哧洗起衣服来。诸事忙毕，上床了，两个侄子一边一个，得哄着睡觉。小侄子晚上要起来把两次尿，否则尿床了又要洗床单。哥哥因岳父脑出血，跟嫂子在医院照顾着，连除夕夜都回不来。

往年的除夕夜，还没有这两个小家伙，是我跟母亲一起在家里度过的。爸爸早早地借着上厕所的理由跑去打牌，哥哥也被哥们儿拉去搓麻将。按照习俗，大屋所有的灯都明晃晃地亮着，母亲在房间备好糖果，我们就坐在一块儿看电视，闲闲地聊天。那是一整块与母亲相处的时光，可以任意地想着如何打发。我起意吃饺子，就一起到灶房去，我烧火，母亲下饺子；或是一起剥花生米，为明日正月初一的丸子做好准备。屋子里的寒气，逼着身子都簌簌抖起来，好办，母亲用废弃的酒精瓶灌好滚烫的开水，我们就着它暖手。

今年的除夕突然停电了。动画片才看到一半，整个屋子刹那间黑漆漆的。侄子们又是锐声喊着奶奶。母亲那时还在厨房里洗碗，听到叫声，一路摸黑走到堂屋，点起桌上的一根红烛。侄子们借着微弱的烛光，奔到母亲身边。我跟他们一起坐在堂屋的长椅上。烛光跳闪，侄子们在堂屋当中玩耍，他们的影子在墙壁上忽而高大忽而矮小。见此，两个小鬼头望着墙上的影子来回跑动，一边比谁的影子大，一边叫奶奶来评比。母亲刚说大侄子的大，小侄子就不服气，又是一气儿跑动，母亲又急忙念叨着别摔着了。她的眼睛一直在这两个小鬼头身上，偶尔回头看我坐在一边，补上一两句，问要不要吃东西，我说不用。过后看到门外的烟花噌噌地在空中绽放，我抱着小侄子到豆场当中站着，让他仰头看天空中那明亮的星星，母亲牵着大侄子在门口放着烟花炮。

母亲将我小时对我说的话，再次说给了家里新一代的孩子。我小时骄纵的脾气，新一代的孩子又一次给了母亲。时间对于母亲是轮回的。我常常随着母亲的脚步，一路看着她在卧室、堂屋、灶房走动，她几乎没有一刻空闲。好像家里没有这个人，就会散乱一团。因为哥哥的脚痛一直不好，母亲约着婶婶一起到隔壁村找人看。她不在家的时间里，两个侄子哭哑了嗓子，爸爸找不到穿的袜子，哥哥要洗澡却没有开水，几乎一时间都乱了套。她怎么还不回来？过了十来分钟，又问她怎么还不回来。一个个空着手待在各自的位置，都不知道如何开展下一步行动。我一时间充当了母亲的角色，给每个人想要的，你的袜子，你的洗澡水，不哭哦，奶奶马上就回来。在不间断的各种诉求里，我又开始给他们热吃的，打扫大侄子扔了一地的橘子皮，抱着哭叫的小侄子给他找苹果吃。在这短短几个小时的时间里，我脑袋里充满了各种琐碎的事情。我想象着母亲是如何度过这一天又一天重复冗杂的生活的，这当中并无乐趣可言。

很快我就又要离开家去工作了。临走的晚上，母亲难得来到我的房间。侄子们都在看动画片，暂时闹不到她。我靠在床边听着钟志刚的《月亮粑粑》，母亲也靠着沙发默默地听着——她此刻不忙。她只是在那里靠着，也不看我，也不说话。一首既罢，我又放了一首小河的《老来难》，音乐声中，她听到开心处莞尔一笑，我看她一眼也笑起来。我不敢妄动，她就在这里，不再属于那些无穷的琐事，不再是老一代小一代的保姆，而是我一个人的母亲。我想起一次回家，侄子们不知道去哪里了，卧室灯影憧憧，电视开着，母亲拿着遥控器倒在床上睡着了。我关掉灯和电视，给她盖上被子。那时候，我也是不敢妄动的。她终于能在片刻的睡眠中属于她自己。两首歌放毕，侄子们又叫起来了。

走的时候，我背着两个大包出门，回头看屋里，母亲正在哄哭闹的小侄子。我说了声你不要来送了，就大步往村口走去。走了十几步回头看，母亲抱着小侄子跟在后面。外面正飘着小雨，我变得很凶，让她不要送了，赶紧回去。她说不送不送。我走着走着，回头再看，远远地她还在跟着，看见我回头她停住了。我也不说话，扭头快走，走到村口回头望，村里一整条路空空的，母亲已经不在那里了。

（摘自《读者》2023 年第 4 期）

等你到 101 岁

王辽辽

母女重逢

去年，家里人翻出曾祖母的身份证给她报津贴时，才发现曾祖母到 5 月份就整整 100 岁了。姑姑提议，“五一”假期大家都回家给老太太过百岁大寿。

“五一”假期临近，老太太的女儿、女婿以及外孙、外孙女陆陆续续到了我家，老太太又惊讶又开心。老人家一辈子育有 7 个孩子——6 个女儿和我爷爷一根独苗。

老太太的六女儿，也是她最小的孩子，打我记事起就没有来过。没想到，这一回，六姑奶奶也回来了。

六姑奶奶是在 5 月 1 日傍晚到的，是亲戚里来得最晚的。她和我们寒暄了几句，便急切地走向老太太的房间。

老太太正坐在沙发上看电视。六姑奶奶进门看到老太太，大声喊了声“妈”，脸上的表情很镇定。

老太太昂起头仔细打量了她一番，还是没认出来，一脸迷茫地问她：“你是谁呀？”六姑奶奶终于控制不住，“扑通”一声跪在老太太面前，眼泪哗哗地往下流：“妈，我是小六啊！你都不认得我了吗？”

老太太怔了一会儿，对着六姑奶奶的脸仔仔细细看了一遍，猛地想了起来，把刚点着的香烟随手丢进脚边的垃圾桶，紧紧握着六姑奶奶的手说：“是的，你是我的小六啊！小六你回来了啊！”老太太激动得说不出别的话，一直在重复那句：“小六你也回来了。哎呀，好，好，我的小六也回来了。”

六姑奶奶大概已有 20 年没回来了。

红颜薄命

六姑奶奶小的时候，家里穷，其他孩子都没有机会上学，老太太靠织蓑衣去集市上换钱，供她和我爷爷读书。

后来到了谈婚论嫁的年纪，她和隔壁村的一个男同学自由恋爱了。老太太点头答应了这门婚事，那个男人便带着六姑奶奶去了深圳。次年 5 月，六姑奶奶怀孕了，准备和未婚夫趁假期回家，先把婚礼办了。

结婚的前两天下午，那个男人跟一帮朋友喝了酒，便约着一起去坝子游泳。他喝多了，加上人逢喜事精神爽，第一个脱衣服跳进水里。等别人嬉笑着慢慢脱掉衣服准备下水时，才发现扎进水里的他再也没有露出头来。

婆家派人来通知噩耗时，六姑奶奶正和老太太坐在院子里，往准备出嫁时带走的花被子里缝象征着“早生贵子”的大枣、花生和板栗，听到噩耗后，六姑奶奶当场便晕倒在那床被子上。

料理完丧事，家里人劝她趁肚子里的孩子月份还小，打掉算了。六姑奶奶却坚决要把孩子生下来，为这事，还和老太太吵了一架。之后，六姑奶奶悄悄跟着一个远房亲戚去了东北。

后来，老太太找人打听到了小女儿的下落，听说她在东北开了个小商店，一个人带着孩子。过了几年，大概日子过得好一些了，六姑奶奶让村里来东北的年轻人给老太太带回来一麻袋核桃，还有一些钱。

再后来，六姑奶奶嫁给了一个离异的东北男人，又生了一个儿子，还把老太太接到东北住了一段时间。在这之后，六姑奶奶嫌丈夫对大儿子不好，离了婚，独自带着两个儿子过活。

日渐衰老的曾祖母再也没有去过东北。此后大概有 20 年，母女俩再没有见过面。

相约明年

六姑奶奶回来的那晚，坚持要和老太太睡在一起。

我妈觉得六姑奶奶一路奔波，劝她到我家睡，但她像老太太一样固执，坚持不去。我妈换了一套说辞，说老太太的床小，她一个人睡惯了，挤在一起会影响老人休息。六姑奶奶想了想，把自己的被子挪到老太太的沙发上，睡在了那里。

老太太像变了一个人，平日里我们要给老太太洗澡，老太太死活都不愿意，年纪大了很怕洗出个好歹来。六姑奶奶帮老太太洗澡、洗头、掏耳朵，老太太却顺从得像个孩子，只会憨憨地笑。

5 月 2 日，家里请了几个厨师，办了好几桌宴席，亲戚们在屋里喝酒聊天，小孩子们在屋里叽叽喳喳跑来跑去。六姑奶奶怕人多吵到老太太，便去厨房拿了些饭菜，端到房间和老太太一起吃，直到把老太太伺候着午休了才到客厅和亲戚们叙旧。

转眼，六姑奶奶要回东北了。她比别的亲戚多待了一天，走的时候，老太太拄着拐杖出来，特地嘱咐我爸给六姑奶奶放两挂鞭炮。碰巧有个村里的老太婆路过，老太太站在车门旁边，打趣地跟人家说："你以后别来我家串门了，我家小六要带我去东北了哟。"一句话让六姑奶奶笑出了眼泪。

鞭炮放完了，六姑奶奶跟老太太说："妈，你使劲好好活，等明年'五一'时我再来看你。"也不知道老太太听清了没有，朝六姑奶奶挥了挥手说："走吧，你们都走吧。"车子发动后，她便低头去捡放完烟花的纸壳子——留着卖废品，一边捡，一边自言自语："下次你再来能看得见我，我怕是看不见你喽。"

前几天，我回家考驾照，陪老太太看了一会儿动画片。有个问题，老太太问了我 3 遍："还要多久过'五一'啊？"

（摘自《读者》2021 年第 7 期）

国士张伯苓：中国新教育启蒙者

吴双江

“你是中国人吗？你爱中国吗？你愿意中国好吗？”1935 年那堂著名的“开学第一课”上，教育家张伯苓对南开学子提出了 3 个问题，拳拳赤诚溢于言表。演说中，最令张伯苓感慨的，是国家已处于危墙之下，人们还不能团结一致。“九一八”事变后东北沦陷，华北随即面临日寇的蚕食，很多人却没有意识到危机。

这“爱国三问”无异于醍醐灌顶，激发了学生们的爱国之志。张伯苓对学生们说：“如果你们是中国人，爱中国，愿意中国好，那么就改掉自私狭隘的毛病，为国为公团结起来！”

“允公允能，日新月异。”这是 58 岁的张伯苓 1934 年在南开 30 周年校庆上确定的南开校训，他希望南开学子为国尽力，不断创新。纵观张伯苓这一生，也是以这 8 个字为人生追求。他是国士、仁师，是伟大的教育家，可以说，张伯苓一生只做了一件事，那就是不停地创办南开系列学校，并为此奉献终生。

从 1904 年张伯苓与严修创立南开学校，倡导新学，到 1919 年两人创办私立南开大学，再到 1947 年牛津大学宣布承认南开学历，南开的故事是 20 世纪上半叶中国高等教育的缩影——饱经战乱仍努力拥抱文明，委身政治仍努力维持独立。这也成为张伯苓一生艰难办学的人生写照。

国帜三易，弃戎从教

1894 年，中日甲午战争爆发。1895 年北洋水师一败涂地，全军覆没。1898 年，中国威海卫军港上空，日本太阳旗降落，中国黄龙旗升起，接着，黄龙旗降落，英国米字旗升起。

一名 22 岁的水兵目睹这场接收和转让仪式后喟叹道："我在那里目睹两日之间三次易帜，当时说不出的悲愤交集，乃深深觉得，我国欲在现代世界求生存，全靠新式教育，创造一代新人。我乃决计献身于教育救国事业。"

这名水兵就是张伯苓。

1876 年 4 月 5 日，张伯苓出生在天津的一个秀才家里。1889 年，他以优异的成绩考入天津北洋水师学堂，入驾驶班，学习航海，著名思想家严复是他的老师。1894 年，张伯苓以"最优等第一"的成绩毕业，进入北洋水师舰队实习，那一年他刚好 18 岁。

中日甲午战争爆发，张伯苓作为实习生，目睹了北洋水师的惨败。日军占领了威海卫，张伯苓无舰可开，只好回到家里，等候派遣。

1896 年，张伯苓被派到"通济"号练习舰上服务。1898 年，在各国的压力下，日本将占领的威海卫、刘公岛等转租给英国。张伯苓奉命随同办理接收和转让手续，也就是在这里，他看到“国帜三易”的丑剧上演，这极大地刺激了张伯苓，他愤然从军队辞职，决心弃戎从教。

构建南开教育体系

张伯苓辞职回到天津后，在绅士严修的家馆教书。严修，字范孙，天津人，早年入翰林，后出任贵州学政、学部左侍郎等职。戊戌变法失败后，他辞职返乡，但仍坚持认为中国需要改革，后来与张伯苓一起创办了南开系列学校。

1903 年和 1904 年，张伯苓两次东渡日本，考察明治维新后的日本教育，其办学规模和教育方法使张伯苓震撼，“知彼邦富强，实出于教育之振兴，益信欲救中国，须从教育着手”。1904 年 10 月，在严修的支持下，私立中学堂成立，张伯苓任学堂监督（校长）。1907 年，校名改为南开中学堂。

晚清废除科举制后，学子们纷纷投入新式学校学习，但是当时国内大学匮乏，比如偌大的天津，只有一所北洋大学，而且只开设工科和法科，没有一所综合性大学。于是严修与张伯苓决定在南开中学的基础上，建立南开大学。

1917 年，严修与张伯苓先后抵达美国考察大学建设，学习如何组织和建立私立大学。当时，张伯苓特地进入美国哥伦比亚大学师范学院研修教育——要办好学，自己要先学好。

那一年，张伯苓已经 41 岁。

在一年多的学习时间里，张伯苓刻苦认真，不断比较美国和日本的教育制度，再结合自己的实践和想法，逐渐创立了一套适合中国的教育理论。

1918 年，张伯苓学成回国，开始着手创办中国人自己的大学。他和严修等人开始四处募捐，因为办私立大学最缺的就是资金。

为了筹钱，张伯苓四处低头求人，但他认为这不丢人："我不是乞丐，乃为兴学而做，并不觉难堪。"在各界人士的鼎力相助下，1919 年 9 月 25 日，南开大学正式宣告成立。

在南开中学和南开大学先后创办成功的激励下，1923 年，张伯苓在严修的支持下创立南开女子中学；1928 年，南开小学正式成立；1932 年，张伯苓又支持创立了南开经济研究所和应用化学研究所，从而构建了一个完整的南开教育体系。

中国私立大学拓荒者

"近几年来，每当我见到张伯苓时，他总是说，只有他深知我的苦处，也只有我深知他的苦处……"这是曾任燕京大学校长的司徒雷登为张伯苓纪念文集《别有中华》所作的序，"在中国，高等教育一向是由国家办理的。办私立大学，张伯苓是一个拓荒者……在政局混乱的岁月里，张伯苓建立起他的教育体系……"

与公立学校不同，私立学校的校长除了要管理好学校，还必须设法解决办学经费的问题。南开的经费，主要靠募捐而来。而募捐，并不是人人肯干或者干得了的，除了要放得下身段，还要讲究方式方法。当然，仅靠募捐——如同输血，是不够的，还需增强学校自身的造血能力。经历了两次远赴欧美的考察，张伯苓得出一个结论："学校如大工厂，学生如工厂之出品。"因此，不仅要"视社会之需要而定教育之方针"，还可以在学校里开办工厂，既满足学生工读的需要，也为学校创收。比如应用化学研究所下设的化工厂，其开发的金属磨光皂、油墨等轻工业产品，畅销华北乃至全国市场，不仅扩大了社会影响，也取得了相应的经济效益。

一所学校的优劣，一个重要的衡量标准就是师资力量。当时的南开大学因为是私立大学，缺乏资金，教师的薪金其实低于其他大学的教师薪金，但很多著名的学者和教授还是愿意到南开大学任教，一是因为南开大学从不拖欠工资，二是因为南开大学的学术氛围很好，大家都专心教学和学习。还有很重要的一点，那就是张伯苓的人格魅力：在张伯苓担任校长期间，南开大学的财务状况全部公开，放在校图书馆供人随便查阅；他本人长期只领 120 元月薪，只相当于当时其他大学校长的 1/3，而学校的不少教授月薪达 300 元；他的公车是一辆人力车，全校老师都可以使用；他出差随身带杀虫药，因为他住的都是最便宜的旅馆，卫生状况极差……在这样的情况下，南开大学的实力和声望迅速提高。当时的社会各界名流，从梁启超到黄兴，从张学良到陈寅恪，从叶圣陶到陶行知，他们都把自己的子女或亲戚的孩子送到南开系列学校去读书，因为他们信任南开的师资，更信任张伯苓的教育理念。

1925 年，当时北洋政府教育部特派员刘百昭到南开学校视察后，得出的结论是：“就中国公私立学校而论，该校整齐划一，可算第一。”

1947 年，英国牛津大学宣布承认南开大学学历，而在当时的中国，连同北京大学、清华大学在内，一共只有 7 所学校获得了牛津大学的承认。

培育“允公允能”的人才

面对内忧外患的现实，晚清一代的教育家个个胸怀教育救国的理想，张伯苓心中的救国梦尤为强烈，他一直冲在爱国救亡运动的前线。“爱国”成为他教育办学的首要宗旨，他说：“南开学校系因国难而产生，故其办学旨在痛矫时弊，育才救国。”他勉励学生，“公德心之大者为爱国家，为爱世界”，要求“诸生功课已毕业，此后应思如何为国为公，方不愧为南开学生”。

事实上，张伯苓非常注重“寓教于乐”，最反感的就是“死读书”。在南开，戏剧和音乐等科目都是非常受校方重视的，而其中最受重视的，是体育。

1934 年，天津的河北体育场举行了华北运动会。看台上，南开中学学生 900 人，每个人手里拿着一面小旗，哨子一响，900 人顿时打出“毋忘国耻”4 个大字。成千上万的观众先是愣住了，紧接着掌声雷动。掌声未断，哨子又响，“收复失土”4 个大字随即出现。这时体育场的中国观众很多都哭着呐喊。

张伯苓当时是裁判长，他事后把负责的学生找来，说了 3 句话，第一句是：“你们讨厌！”第二句是：“你们讨厌得好！”第三句是：“下回还那么讨厌！”

1937 年抗战全面爆发后，日军在天津的重点轰炸目标就是南开中学和南开大学，张伯苓 30 多年的心血毁于一旦。但是他毫不气馁，公开演讲说：“被毁者为南开之物质，南开之精神，将因此挫折，而愈益奋励。”

多少年后，开拓了现代私立教育成功之路的张伯苓回顾道：“40 多年以来，我好像一块石头，在崎岖不平的路上向前滚，不敢作片刻停留。南开在最困难的时候，八里台笼罩在愁云惨雾之中，好像每棵小树都在向我哭，我咬紧牙关未敢稍停一步。一块石头只需不断地滚，至少沾不上苔霉，我深信石头会愈滚愈圆，路也会愈走愈宽的。”这话里，不乏辛酸，但更透着自信与自豪。

2021 年 2 月 23 日，是张伯苓逝世 70 周年之日。先生在国家命运跌宕起伏的年代，坚守文化和教育，传承民族文脉精神，犹如一座灯塔，照亮硝烟弥漫的山河，也穿透悠悠峥嵘的岁月，为今日中国文化和教育立镜，为后辈成长树碑。

（摘自《读者》2021 年第 22 期）

铜镜照夜白

胡　烟

本文的主角是赵孟頫，故事却要从王维讲起。

唐开元年间某日，长安城，某府第门口，一个衣衫褴褛的少年蹲在地上，神情专注。他手持一根捡来的枯树枝，“沙沙沙”，在松软的沙土上乱画。一行人的车马声由远及近。等到少年一扭头，却见时任太乐丞的王维已经站在他身后，用惊异的眼神看着地上的画——一匹奔腾的骏马。王维的表情，近乎愕然。少年赶忙汇报起自己的正事来。他此行的目的，是来讨酒钱。少年话毕，王维没接茬儿，仍盯着地上的那匹马。许久，他郑重地吐出一句话：“岁与钱二万，令学画十余年！”

眼前的小酒保，即是家境贫寒的少年韩幹。大诗人王维是性情中人，且眼光相当犀利，一眼看中韩幹画马的潜力，一诺千金，决定资助其学画。此后十多年，韩幹师从著名的御用画家曹霸，顺理成章当上了宫廷画家，成为画马的一代宗师，代表作有《照夜白图》。

1

时空从大唐穿越到宋末元初，韩幹是赵孟頫未曾谋面的老师。赵孟頫坦言，自己积累多年的画马功力，终于在韩幹真迹的启发下，被盘活了。

青年赵孟頫，诗、书、画皆精。天赋异禀的赵孟頫，成长在新旧王朝更替的夹缝里。作为宋王室后裔，赵孟頫的处境十分尴尬。没落家族的光环未能使他显贵，反而更易造成他心理上的失衡。他寒窗苦读多年，才华满腹，却不知向哪里发力。

恰是这不洒功利的彷徨期，成了滋养赵孟頫艺术生长的沃土。湖州吴兴，赵孟頫的家乡，山河秀美，风清水澈。他整天跟和他同为“吴兴八俊”的画家钱选、词人周密等好友，诗酒唱和，琴书相悦。是迷茫，也是机遇。无意间，他创作了不少佳作，忘记了世间扰攘。

赵孟頫尤擅画马。

26岁那年，赵孟頫完成了传世名作《调良图》：有冷风从西边来，气氛萧瑟，掠过一匹身姿极其优美的马。恶劣的天气中，骏马迟疑着，不肯向前。它眼神抗拒，低头喘息。前方，调马的奚官无奈，回首望马。他举起衣袖，挡住凛冽的风，手里的缰绳微微松弛。

《调良图》除了炫技，还传递了某种情绪。

这匹俊朗的马，站在风里，充满了迟疑。缰绳之下，顺从乎？挣脱乎？赵孟頫没有给出答案。彼时，他自己也兀立在西风里，举步不前。或者说，他大半生的时间，保持着与之类似的暧昧姿态。

元世祖忽必烈派江南文人程钜夫到南方寻访文化人才那年，赵孟頫

33岁。虽然已过而立之年，但赵孟頫对前途仍是惶惑的。他清楚，题诗作画，终归不是正途。“功名”统摄下的济世理想无处安放，是文人最深的伤口。程钜夫前来征贤，似乎是一个重要机遇，但赵孟頫并没有伸手去抓这根稻草。一方面，他抱持一个“忠”字，忠于前朝，忠于自己的血统；另一方面，身边的朋友给他不小的压力。他的启蒙老师钱选，态度十分决绝，排斥招贤政策，幽居在砚池里，放话曰：“不管六朝兴废事，一樽且向画图开。”他的另一至交周密，也是坚决不仕，干脆隐居起来。赵孟頫不想成为另类，茫然四顾之后，选择按兵不动。

两年后，程钜夫带来皇帝口谕，点了赵孟頫的名，并转达了天子对他的赏识。本来，赵孟頫抵抗的胆气就不足，谦恭、和顺是他骨子里的气质。皇威赫赫之下，赵孟頫只往前迈了一小步，就顺理成章进入了仕途。或者说，对于进还是退，他本身就是摇摆不定的，只等一个随缘的借口。

想起《调良图》中，那匹情绪游移的马。西风并未使他狼狈，犹疑中，亦保持着矜持的优雅。一旦冲突，一旦挣扎，便会失去这种优雅。

2

42岁时，赵孟頫作《人骑图》。画面简洁，中间一官人，身穿喜庆的红袍，执鞭骑马，仪态雍容。胯下骏马，圆润丰满，抬脚踱着方步，笃定前行。一人一马，人，是锦衣纱帽人；马，是骏骨丰身马。华丽、平静中藏着热烈，如一首盛世欢歌。

彼时的赵孟頫，志得意满。那一年，他从济南卸任，回到吴兴故里。靠着正直的人格和皇帝的信任，他谏言并实施了一系列高明的举措，小有政绩。此外，借职务之便，他还提携了不少文友，赚了满钵的人品。

官场进退，一切皆在他股掌之中。以权利民，让他的精神感到充实。

闲暇之时，赵孟頫经常回想自己的高光时刻。

出于对中原文化的敬畏，忽必烈将礼贤下士的文章做得十足。赵孟頫首次在元朝的朝堂上露面时，忽必烈给足了他面子，竟让他坐在右丞叶李之上。甚至把他当作神仙中人，将他和前辈才子李白、苏东坡相提并论。

此刻，镜头切换，眼前浮现另一幅画面——天宝元年，即 742 年，唐玄宗一纸诏书将李白召进皇宫。大诗人贺知章惊呼李白为“谪仙人”，解下腰间金龟换酒。唐玄宗亦给出了极高礼遇。临行前，性格外露的大诗人李白按捺不住狂喜，扯着嗓子喊出千古名句：“仰天大笑出门去，我辈岂是蓬蒿人。”

同样受宠的赵孟頫当然没有李白的豪气。他性格内敛，可以说，在政治上，他比李白表现得更为成熟。这位谦谦君子，只在夜深人静的时候，独自作诗吐露喜悦心境：“海上春深柳色浓，蓬莱宫阙五云中。半生落魄江湖上，今日钧天一梦同。”政治抱负得以施展，积郁多年的这口气终于畅快地吐出来了，怎能不令人兴奋？做官的感觉，如登蓬莱宫阙，飘飘欲仙啊！在愉快的心境之下，赵孟頫遂画了《人骑图》。

往事历历在目。赵孟頫胸中涌动起暖流，笔下，亦隐藏不住幸福。他将官人身上的红衣，渲染得格外鲜艳。登上人生巅峰的快意，赵孟頫喊不出来，只能含蓄表达。

旁观者清。《人骑图》中规中矩，在艺术史上，地位轻淡、缥缈。这匹马，沦为技巧之马、工具之马，而非灵性之马。

3

深秋的旷野上，古木萧条，气氛悠然。一匹饱经沧桑的马与观者正面对视。这匹从岁月里穿梭而来的马，不再对外物感到好奇，它神情倦怠，而其身旁的伙伴，侧身俯首吃草，气息轻盈。赵孟頫对自己的伤口轻描淡写。

《古木散马图》中的两匹马从远古而来，身披禅意的薄纱。

“古意”，是赵孟頫一生孜孜以求的艺术风格。出身高贵的赵孟頫对“低俗”二字深恶痛绝。远古世界，山林寂静，了无人踪。古意，可以绝俗。

他累了。赵孟頫饱尝功名的另一番滋味，从政以来，他如履薄冰。现实种种，常迫使他思考很多深刻的人生话题。笔墨，沿“古意”走向深邃。那匹马的眼神异常柔软——无奈、惶惑、倦怠、淡然、寂寞。融化自我，与天地相合，亦是对命运的臣服……赵孟頫的仕途，表面上一帆风顺，实际上暗流涌动。由于受宠，他时常为一些官员所诟病。他的宋皇室后裔身份，让当权者不得不提防。

身为湖州人的赵孟頫，时常想起苏轼。政治命运无常，像一把悬在头上的利剑，给赵孟頫以警示。他深知，自己跟前辈苏轼没有本质的区别，处境并不安全。为官一天，随时有可能被政敌以皇权的名义扼住咽喉。

赵孟頫总感觉背后有一双眼睛在看着自己。时而是官员排挤的眼睛，时而是宋代遗民对其人格鄙夷和讥讽的眼睛。

对此，赵孟頫即使早有预料，也没有足够的智慧超脱。无奈之下，他选择逃避。一方面，逃到宽广的笔墨境界里放逐自己；另一方面，他多次请辞，先是主动申请外放，做了同知济南路总管府事，而后又辞官回到家乡湖州。

赵孟頫向往自由生活，在林泉中，他登山临水，竟日忘归。然而，消散冲淡的隐逸，这颗埋在赵孟頫心底的种子，伴随着他在“穷”“达”之间长久徘徊，终究没有成长为参天大树。这种理想，只在画里得到尽情舒放和伸展。

他向往陶渊明的生活，却没有勇气做陶渊明。他多次画《归去来图》，题曰：“弃官亦易耳，忍穷北窗眠。抚卷三叹息，世久无此贤。”像陶渊明这种贤人，这世间，又有几人呢！

47 岁，赵孟頫自写小像。青绿坡石，急湍清流，幽篁蔽天，完全将尘世的喧嚣隔离在外。这是赵孟頫的“理想国”。而他自己，则是拄杖行吟的高士。

《古木散马图》，充满静穆而沧桑之感。逝者如斯夫，荣辱进退，已成过眼云烟。从那匹马的眼神中，似乎可以追溯一个极富才华的文人在宦海中进退挣扎的往昔。

4

行文至此，我们再回到韩幹。他的代表作《照夜白图》，是一首献给沉默者的诗：一匹健硕的白马，灵魂里奔涌着自由的血液，性情奔放。被命运的缰绳定在拴马桩上，它心有不甘。它个性通透，思想里没有低迷的因子。它从不去谋虑逃跑的计划，而是选择直接挣脱。傲气从粗大的鼻孔里喷出。不顾一切，它带着缰绳向前冲，倔强得连瞳孔都放大了几倍，全然不计较结局——成功与失败的纠结，那真是煞风景的情绪。它浑身散发着荷尔蒙的气息，它奋力一搏……它是唐玄宗的爱驹，曾在

“安史之乱”中，深深抚慰了唐玄宗的心。照夜白，不仅照亮了唐代的暗夜，光束，也打到了赵孟頫身上。

当赵孟頫与《照夜白图》对视，搏动跳跃的激情被瞬间启发。这个高喊着自由口号的起义者，闪着光亮，像一面铜镜。恍惚间，赵孟頫于其中照见了自己的软弱。之后，有很多个片段，照夜白的形象在他脑海里闪回。他艳羡这匹白马，活得畅快淋漓。

然而，深谙画道的赵孟頫怎么会不明白，《照夜白图》只属于韩幹和他的时代。而他自己，却只能行走在既定的轨道上，顺便设计自己的马匹。

（摘自《读者》2022 年第 3 期）

花落的姿势

古　鉴

读到有人描写桂花飘落的句子——“金色的花瓣飘落一地”，不由得想到了花落的姿势。

在很长一段时间里，我也一直用“花瓣飘落”或“花瓣凋零”来描绘所有花落的姿势，包括桂花。直到有一天，我读到一篇文章，其中一句话让我印象深刻：“春天的花，是一瓣一瓣飘零的；秋天的花，是整朵整朵萎谢的。”

于是，我开始观察花落的姿势。真是不看不知道，花落的姿势原来如此奇妙。春天里的花，无论是梅花、迎春花、桃花，还是樱花、梨花、油菜花，它们不是一朵一朵地萎谢，而是一瓣一瓣地飘落。花瓣纷飞，似雪片般飞舞，漫天飞雪，满地花瓣，且依然色泽艳丽。也许因为春天的花期短，这才导致花开花落的时间相对集中，一夜之间，花开满树；几日之后，花落缤纷。而秋天的花，包括一些夏天里开放的花，如紫薇花、凌霄花、美人蕉、牵牛花、木槿花、菊花等，花落的景象是，一朵一朵地枯萎之后慢慢地凋落，花瓣落地时早已失去了花开时的绚烂。也许是秋天的花期较长，所以花开花落的时间漫长。真是花开不紧不慢，花落不急不忙；花红百日，花落数月。

秋天里也能见到“落花雨”，那就是“桂花雨”。桂花雨的出现，一在自然，桂花盛开时常会遭遇秋风秋雨的侵袭，于是，形成了“桂花雨”；二在人为，收获桂花，不是采摘，而是“摇”，摇下来的桂花是成熟的、完整的、新鲜的。

桂花的花朵很小，不仔细看，以为满地花瓣，但细细一瞧，全是花朵，一朵四瓣，清晰可见。

春天的花为什么是一瓣一瓣地飘落？秋天的花又为什么是一朵一朵地萎谢？花儿在不同的季节展示不同的花落姿势，这意味着什么，昭示着什么？或许，春天的花开得太早、太匆忙，它们对生命有太多的留恋与期待，它们不想一下子就离开美好温暖的春天，所以才一瓣一瓣地飘落，以表达对生的依依不舍？秋天的花则经历了漫长的孕育，它们甚至已经体验了夏日热烈的拥抱，对生命有了真切的体悟，所以才那么淡定坦然，表达的是一种曾经沧海后的从容不迫？

无论是春天的花落，还是秋天的花落，它们的姿势都是生命最后的姿势，一种神奇而完美的姿势。相信其中一定有某种奥秘，只是我们还没有完全读懂罢了。

（摘自《读者》2023 年第 3 期）

亮起来的房间

江　鹅

传统节日和寒暑假总是特别令人期待，因为叔伯姑姑们会带着小孩回老家来。这时，餐桌上会多出许多好吃的菜；堂表兄弟姐妹会与我分享他们的零食；平常规定得死死的作息时间也会被打破，我可以堂而皇之地看电视到很晚；做了什么坏事，爸妈也会因为牵涉别人的小孩而罚我罚得轻一些。不过，最让我感到高兴的是，平常那些黑乎乎的房间终于亮了起来。

老屋有许多房间，阿公盖房子的时候，分配了许多生活空间给子女，大家各自成家，纷纷离开以后，空房间渐渐多了起来——对我来说，好处是躲大人的时候很方便，一楼二楼、上下前后都有地方可以躲；坏处是，到了晚上，黑乎乎的地方永远比亮的地方多。大人为了省电，不许我随便开灯，因此我只有在脑袋里无数次地想象自己拥有各种防御魔鬼的绝技之后，才有勇气独自走进陷入黑暗的二楼房间，去做功课，然后睡觉。

有人能和我一起点亮二楼的灯，真是太好了。

老房子平时无精打采，终于盼来几天灯火通明的日子，阖家上下都弥漫着令人振奋的氛围。阿公和阿嬷当然开心，他们会特别上二楼来看看棉被够不够盖，需不需要多搬一台电扇，要不要点蚊香。尤其是阿嬷，我能明显感觉到她的快乐。

年纪还小不必担负工作责任的我，和年纪大了可以随意翘班的阿嬷，我们俩共享的日常比和其他家庭成员的都多。每一天，我听她抱怨姑姑的婆家不够慷慨，担忧大伯的营收，苦恼该怎么安排叔叔的人生。她烦恼，我也忧愁；她愤怒，我也生气。所以当她的脸忽然明亮光彩、步伐特别有劲的时候，我便知道，她因子女们回家而非常快乐，就好像脚踏车的轮胎，平时跑起来稳稳当当的，也没什么不妥，但是忽然充饱气的那一阵，转动起来就特别有气势。

每一次假期结束，大家各自回到自己的城市，老屋恢复原来的平静，我和阿嬷又成为彼此相伴的老搭档。后院里晒着客用棉被和枕头，经过烈日消毒过后，它们又将被收回被橱。被橱就在二楼那些难得点灯的房间里，晒好的棉被混杂着旧棉絮和阳光的气味，对折再三折，然后被一床一床塞进橱底。被单上张牙舞爪的红艳花朵，被收服在方形被橱里，一款压着一款，最后放上绣有鸳鸯水鸭、缝着荷叶边的枕头，阖上柜门，继续用霉味收藏心底的盼望。

我曾经以为，阿嬷的盼望就是我的盼望。但其实，她盼望家人回到身边，有人陪她说体己话，而我盼望的是新鲜的生命力。这两件事往往同时发生，让我误以为是同一件，以为为她带来快乐的家人，也是为我带来快乐的家人。相聚太美好，便显得平日的生活是次要的、无聊的、暂时的。我和阿嬷一起期待着团聚的美好，盼望时间能够赶快过去。

表弟们和弟弟都长到爱追逐争吵的岁数以后，玩在一起难免会生事端。有一次，我眼看阿嬷没有责罚顽皮闹事的表弟，却对同样顽皮闹事的弟弟予以责怪，觉得很不公平，于是开口问她为什么。阿嬷生气了，她说我长大了，敢阴阳怪气地讲话了，居然指责她。阿嬷的怒气令我手足无措，但是我瞥见避开阿嬷视线站在厨房里的妈妈，她脸上的表情很微妙，像笑又不是笑。我这才意外地发现，妈妈其实偷偷地赞成我做了这样顶撞长辈的事，原来我为弟弟出了一口气，同时为妈妈顺了一口气。我自此意识到，我和阿嬷一起盼望着的“家人”，其实是我的“亲戚”，除了阿公阿嬷，安静的爸爸妈妈和需要保护的弟弟，才是我的“家人”。

阿嬷生我的气生了很久，大概因为这是第一次有人敢这样挑战她的权威，爸爸不得不出面处罚我，罪名是“没大没小”。但事实上，当时已经没有任何人、任何事可以阻止我挟着他们惯出来的长孙女的骄气，乘着青春期的敏感，开始怀疑这个家庭试图植入我身体的家庭观。一直以来，阿公和阿嬷都秉持着“人以罕见为亲厚”的态度，虽然我因为机灵又嘴甜，一直在他们的“亲厚圈”里，但我忽然明白，我的父母是“亲厚圈”外的无声人，这令我非常不安。

深厚的感情基础让我和阿嬷终究恢复了良好的祖孙关系——即使心里明白对方的爱在某些方面是有界限的，也不妨碍彼此在其他方面互相付出。我仍然是最懂她腰酸腿痛的人，她也还是我闪避父母威权时的避风港，我们仍旧一起翻着月历，期待假期的团聚。她抱着同样的盼望往老里活，我也越来越清楚地知道，她的失望来自把亲厚寄望在远方。令她感到满足的家族团聚时间越来越短，次数越来越少，直到她离世。多年以后，我为她深感遗憾，她没有更珍惜身边的人，让身边的人感到安慰，她没有让自己活在更容易获得的满足里，直到来不及。

人生原就是重逢的少，别离的多。

（摘自《读者》2022 年第 12 期）

关于父亲的几件事

林特特

1985 年，我 6 岁。

一个夏日午后，我爸给我讲项羽的故事。说到项羽打了败仗，将乌骓马托付给划船来救他的老翁，而后，项羽在江边拔剑自刎，乌骓马已经在江心，但还是长嘶一声，跃入乌江殉主。

我哭了。等我哭完，我爸问："这个故事好吗？"我点头："好。"

我爸又问："这个故事是一个叫司马迁的人写的，你以后想不想做一个写故事让人哭、让人笑的人？"我再点头："想。"我爸说："那你要努力啊，这种职业叫作家。"

所以，在我 6 岁的时候，我就知道我的理想是当作家。

1993 年，中考结束。偏科严重的我，数理化加在一起，只有 119 分，而我的同桌，光数学一门就考了 118 分。

拿着那张窄窄的分数条回家，我以为爸爸会骂我。谁知道，我爸盯着它看了一会儿，拉我坐下。他说："如果你不能门门课都拿第一名，那就在喜欢的事儿上做到第一名。比如，你会写文章，那就把文章写好也行，你以后就靠它吃饭。"

"把文章写好又能做什么呢？"我疑惑。

"起码能进厂里宣传科吧。"在千人大厂工作一辈子的爸爸为我指了条路。

从此，我相信，即便我啥都不会，但只要有一样最擅长的事儿，也能养活自己。

2001 年，我大学毕业，很快，去另一个城市发展的男朋友提出分手。事发突然，那段时间，我彻夜难眠，以泪洗面。一天清晨，我皱着眉、苦着脸，问爸爸："我以后是不是不会再遇到更好的人了？"我爸看了我一眼，眼神中满是诧异。他用极肯定的语气否定我的问题："怎么会？！"

瞬间，我也觉得，嗨，天涯何处无芳草。那真的是笑谈。

2012 年，我刚生孩子，家庭矛盾不断。我哭着给爸爸打电话，喋喋不休，车轱辘话来回转。我爸在电话那头，等我说够了，安慰我："你要是真过不下去了，想离婚，我和你妈就去北京给你带孩子，你照常工作，别怕！"

我忽然就笑了，有了这句话，我就有了底气，事情还没那么坏，冷静下来，生活照常继续。

曾有熟人跟我开玩笑："你为什么总有一种莫名其妙的自信？"

的确，即便兜里只有十块钱，我都不会自卑；即便被攻击得一无是处，我还会想，我起码还有什么是不错的。而这一切，都只有一个原因——

我有帮我兜底的人，那个人是我的父亲。

（摘自《读者》2021 年第 20 期）

母亲的食物

赵　瑜

母亲曾经在海口生活数月，不论我请她吃海南的何种食物，她都是拒绝的，本能地觉得不好吃。

这不是母亲的错，她的饮食习惯是个人生活多年所形成的一种文化的自觉。而这种自觉，是她的舒适区，是她多年人生妥协的结果。她喜欢吃的每一种食物，都有一个远大于食物本身的故事。

母亲所做的食物，大都和时间、力气有关。母亲几乎是一个村庄的代表，我记忆中的村庄里，有数不清的平原上的炊烟，属于母亲的空间极小——院落、田野、菜地。这空间宽阔又狭窄，方圆几里地盛放了母亲的半生。

在旧年月里，一个村庄，就足以安放一个人的一生。母亲在 40 岁之前几乎没有离开过我出生的村庄。所以，一说起母亲，我就会想到我出生的院子、村庄，以及村庄外属于我们家的几块麦田。这些劳作和生活的场景，就是母亲日常生活的全部内容。

母亲煮的粥，是我出生的那个村庄所有女性煮的粥的味道。母亲做的馒头，是我们村庄里所有麦子的味道。不能简单地用“好吃”一词来形容母亲所做的食物。我 18 岁出门，之后的 30 年，吃过全国各地的面食，却很少能吃到母亲做的手擀面的味道。母亲的食物，与其说好吃，不如说是母亲在一碗面里，传递了爱。这既是哲学的，也是属于内心的。

一个人最初的胃部记忆十分繁杂，很难准确梳理。年纪尚幼时我就知道，村子里许多孩子的母亲做的食物比我母亲做的食物好吃。我的母亲不会做很多花样翻新的菜肴。然而，母亲做的蒸馍，对我来说，是最初的食物启蒙。

从种麦子开始，一直到麦子收割，母亲全程参与了麦子的生长过程。她珍惜每一粒麦子，面粉打出来以后，她会用一种规格极细的筛子再次对面粉进行细筛。这样，粗的面粉被做成一种馍馍，供父母和我们兄妹吃；而细筛子筛过的白面做成的馍，是专门给爷爷吃的。

食物的匮乏，让面粉也有了身份的差异。那时的乡村，强调长幼有序，尊老的人才会获得大家的认可。所以，母亲的做法为她挣得了不错的名声。随着年龄的增长，麦子不再紧缺，我们这些小孩子渐渐也能吃到专门给爷爷做的细面馒头了。以后的时间里，只要吃到馒头，我都会将母亲手工做的馒头作为参照。母亲做的馒头，成为一个地址、一个标签。

母亲的食物是众多颜色中最清晰的白色，馒头的白、面条的白及米粥的白。母亲的食物，是众多河流中最宽阔的那条，是一年四季中最为舒适的秋天，是秋天的树叶落在地上后的沉醉，是我不论走多远都洗不掉的黄河的底色。母亲的食物，其实更像关于爱的碑刻，一刀一刀地刻在我的味蕾上，是魏碑，是汉隶，也有可能是酒醉后的一纸行草，不论我离家乡有多远，都能在瞬间接到食物的信息。

作为一个中年人，在外面漂泊多年，饮食习惯早已经改变。然而，母亲的食物对我来说依然有效。很难解释，人的身体记忆为何如此固执。如果说母亲的食物是一种文化的铺垫，那么，在我们的一生中，总有一天，我们所接受的食物将超出母亲的食物范围。然而，食物的记忆却会打破身份的限制，我们对母亲的接受，其中相当大的一部分包含着食物味道的捆绑。吃到母亲的食物的那一瞬间，我们被时光遣返，回到多年以前，变得柔软而单纯，成为一个陈旧的自己。

母亲，有多么具体，便有多么抽象。在城市生活多年，大多数时候，我已经成为一个说普通话的人。然而，一旦回到县城，回到母亲的生活圈子，我就立即又开始使用方言。那些字词，像一道道食物，既养育了我，又温暖了我。这个世界有很多东西可以用简单的好与坏来进行评论，而唯有与母亲相关的东西，比如母亲的食物，我们无法评价。它是我成为我自己的一个起点，没有这个起点，我将成为另外的人。

母亲的食物，是一个文化意义上的比喻，它和温饱有关，和爱相关。实际上，它大于文化，也大于审美。母亲的食物是一种植物，时光越长，长势越好。中年以后的我，自然而然地开始喜欢朴素简单的东西。而这样的喜欢，和母亲的食物是多么一致。

原来，人生就是这样循环守恒。疏远和回归，需要时间，需要距离，我们离开故乡，是为了确认自己已经不再单一。当我们足够丰富时，最初的、简单的食物却又渐次清晰。

离开才能丰富，丰富才能回归，回归才会简单。人是如此，食物也是如此，故乡呢，还是如此。

（摘自《读者》2022 年第 21 期）

姻缘备忘录

梁晓声

我自幼家贫，28 岁时家里仍很穷，还有一个生病的哥哥长年住在医院里。我觉得我可以 38 岁时再结婚，却不能不在 28 岁时以自己的方式报答父母的养育之恩。对老父亲、老母亲我总有一种深深的负疚感——总认为 28 岁了才开始报答他们（也不过就是每月寄给他们 20 元钱）已实在是太晚了，方式也太简单了……

我在期待中由 28 岁到 32 岁，但奇迹并没有发生，“缘”也并没到来。我依然行为检束，单身汉生活中没半点儿浪漫色彩。

4 年中我难却师长们和阿姨们的好意，见过两三个姑娘，她们的家境都不错，有的甚至很好。但我那时忽然生出调回哈尔滨市，能在老父母身旁尽孝的念头，结果当然是没“进行”恋，也没“进行”爱……

调动的念头终于打消，我为自己“相中”了一个姑娘，缺乏“自由恋爱”的实践经验，开始和结束前后不到半个小时。人家考验我，而我不能理解为什么对我还需要考验。误会在半小时内打了一个结，后来我知道是误会，却已由痛苦而渐渐索然。

于是我现在的妻子在某一天走入了我的生活，她单纯得有点儿发傻，26岁了却决然不谙世故。说她是大姑娘未免“抬举”她，充其量只能说她是一个大女孩儿，也许与她在农村长到十四五岁不无关系……她是我们文学部当年的一位党支部副书记“推荐”给我的。那时我正在写一部儿童电影剧本，我说悠悠万事，唯此为大，待我写完了剧本再考虑。

一个月后，我把这件事都淡忘了。可是“党”没有忘记，依然关心着我呢。

某天“党”郑重地对我说：“晓声啊，你剧本写完了，也决定发表了，那件事儿，该提到日程上来了吧？”

我突然觉得我以前真傻，“恋爱”不一定非要结婚嘛！既然我的单身汉生活里需要一些柔情和温馨，何必非要拒绝“恋爱”的机会呢！

于是我的单身汉宿舍里，隔三岔五地便有一个剪短发的大眼睛女孩儿“轰轰烈烈”而至，“轰轰烈烈”而辞。我的意思是，当年她生气勃勃，走起路来快得我跟不上。我的单身宿舍在筒子楼里，家家户户都在走廊里做饭。她来来往往于晚上——下班回家绕个弯儿路过。一听那上楼的很响的脚步声，我在宿舍里就知道是她来了。没多久，左邻右舍也熟悉了她的脚步声，往往就向我通报：“哎，你的那位来啦！”

我想，“你的那位”不就是人们所谓之“对象”的另一种说法吗？我还不打算承认这个事实呢！于是我向人们解释，那是我“表妹”，亲戚。人们觉得不像是“表妹”，不信。我又说是我一位兵团战友的妹妹，只不过到我这儿来玩的。人们说凡是“搞对象”的，最初都强调对方不过是来自己这儿玩玩的……

而她自己却俨然以我的“对象”自居了。邻居跟她聊天儿，说以后木材要涨价了，家具该贵了。她听了真往心里去，当着邻居的面对我说：“那咱们凑钱先买一个大衣柜吧！”

搞得我这位“表哥”没法儿再装。于是，似乎从第一面之后，她已是我的“对象”了。非但已是我的“对象”了，简直就是我的未婚妻了。有次她又来，我去食堂打饭的工夫，回到宿舍发现，我压在桌子玻璃下的几位女知青战友、大学女同学的照片，竟一张都不见了。我问她那些照片呢？她说替我“处理”了，说下次她会替我带几张她自己的照片来，而纸篓里多了些“处理”的碎片……她吃着我买回的饺子，坦然又天真。显然，她没有丝毫恶意，仿佛只不过认为，一个未来家庭的女主人，已到了该在玻璃下预告她的理所当然的地位的时候了。我想，我得跟她好好地谈一谈了。于是我向她讲我小时候是一个怎样的穷孩子，如今仍是一个怎样的穷光蛋，以及身体多么不好，有胃病、肝病、早期心脏病等。并且，我的家庭包袱实在是重啊！而以为这样的一个男人也是将就着可以做丈夫的，那意味着在犯一种多么糟糕、多么严重的错误啊！一个女孩子在这种事上是绝对将就不得、凑合不得、马虎不得的。但是嘛，如果做一个一般意义上的好朋友，我还是很有情义的。

我曾以这种颇虚伪也颇狡猾的方式，成功地吓退过几个我认为与我没“缘”的姑娘。

然而事与愿违，她被深深地感动了，哭了。仿佛一个善良的姑娘被一个穷牧羊人的故事感动了——就像童话里常常描写的那样……

10个月后，我们结婚了。我陪我的新娘拎着大包小包乘公共汽车光临我们的家，那年在下32岁，没请她下过一次馆子。

她在我11平方米的单身宿舍里生下了我们的儿子。3年后，我们的居住条件有所改善，转移到了同一幢筒子楼的一间13平方米的居室里……

（摘自《读者》2014年第12期）

徐霞客的意义

最爱君

1924 年 6 月，英国探险家乔治 · 马洛里和队友出发攀登珠峰，就再也没有下来。此前，他已经失败过几次，但还能活着回来。有记者不断地问他，你为什么要攀登珠峰呢？

其实，他们想问的是，攀登珠峰有什么意义，值得你用命去搏？马洛里被逼急了，说了一句禅味十足的话："因为山就在那里。"

1

徐霞客生活的年代，在历史学上被标示为"明朝晚期"。

当时的大众旅游风气之盛，跟现在有得一拼。

每逢春秋佳日或传统节日，著名景点乌泱乌泱都是人。泰山、普陀、九华、峨眉等名山胜地，游人如织，香火如云。

徐霞客的旅游也经历过一个“咖位”不断进阶的修炼过程。他早年立下壮游天下的远大志向，与社会的旅游风尚不无关系。“丈夫当朝碧海而暮苍梧，乃以一隅自限耶？若睹青天而攀白日，夫何远之有？”这是他的豪言壮语。

现代攀登珠峰的人不要命，一般都会把遗书准备好，当时热爱旅游的人也有一股搏命的精神。

年长徐霞客大约20岁的袁宏道在攀登华山时，险些失足丧命，却没有后怕之意，反而吟道：“算来白石清泉死，差胜儿啼女唤时。”

人总有一死，或死于卧榻之上，妻儿在一旁哭哭啼啼，或死于远游途中，长眠在清泉白石之间。袁宏道希望自己是后者。

在徐霞客30余年的旅游经历中，楚、粤西、黔、滇之游是最为艰苦的。他为这次出游谋划了很多年，一直担心再不出发就年老力衰去不了了。

崇祯十年（1637年）正月，终于进入湖南境，开启楚地之游时，他已经50岁了。

此行他只携带了基本的生活必需品，除了暖身的衣服和盘缠外，没有准备任何防身的武器。他的远游冠中，藏着母亲生前给他的礼物——一把银簪。母亲在他首次旅行时，将此银簪缝于帽中，以备不测之用。

他随身的考察工具极为简朴，一支笔，一个指南针，却携带着丰富的书籍，都是一些派得上用场的地理资料。

最后，他不得不怀揣朋友们的引荐信，以便在危难的时候向地方官求助，或筹措路费。

和他一同出发的，有两个人。一个是仆人兼导游顾行，另一个是和尚静闻。静闻是要到云南鸡足山朝圣的。徐霞客可能背着一把锸，用他的话说，随时随地可以埋葬他的身躯。

徐霞客在启程之前已做好遇难捐躯的思想准备。在写给大名士陈继儒的信里，他说万一有个三长两短，死在这片“绝域”，做一个“游魂”也愿意。

旅程的艰险，确实配得上他的思想准备：多次遭遇强盗，三次绝粮。一路下来，他练就了贝爷一般的荒野求生能力，可以几天不吃饭。

在湘江的船上，一伙强盗趁着月色来打劫。徐霞客跳江逃生，丧失了随身的财物。静闻死守船中，救出了《徐霞客游记》手稿及同船人的财物，身负重伤。顾行也受了伤。

尽管备受打击，徐霞客没有考虑返程。他的方向不会变。

最终，静闻死在粤西之游的路上。徐霞客带着他的骸骨和刺血写的经书，直奔鸡足山，完成了这位风雨同路人的遗愿。

在云南太保山漫游时，有人要去江苏，问徐霞客要不要帮他带家书回去。

徐霞客犹豫许久，婉言谢绝了。他说：“余念浮沉之身，恐家人已认为无定河边物，若书至家中，知身犹在，又恐身反不在也……”

不过，当晚，他为此失眠，还是写了一封家书。

对他来说，死亡是每天可能邂逅的东西。所以，是死是生，两可，他无从预知自己能否看到明天的太阳。

1639 年，这次万里远游以一场致命的疾病结束。

徐霞客因久涉瘴地，染疾在身，在鸡足山养病，后病重，双脚尽废。1640 年，一帮人用滑竿把他抬回了江阴。

1641 年，徐霞客溘然长逝。

2

徐霞客在世的时候，他的朋友圈已经公认他是奇人、“怪咖”。

曾任宰辅的文震孟说：“霞客生平无他事，无他嗜，日遑遑游行天下名山。自五岳之外，若匡庐、罗浮、峨眉、嵾岭，足迹殆遍。真古今第一奇人也。”

当时的文坛领袖钱谦益也说，徐霞客是千古奇人，《徐霞客游记》是千古奇书。

晚明旅游之风那么盛，登山不怕死的也不少，为什么只有徐霞客游成了“奇人”？最根本的原因是，徐霞客跟其他任何一个旅游者都不一样。他无编制，无职业，无功利心。

袁宏道经常在游记里把自己描写成离经叛道的怪杰，但他与徐霞客的距离，至少差了一个王士性。

这三个人，都是晚明著名的旅游达人，但除了晚辈徐霞客，其他两个都有编制。他们的旅游，在当时被称为“宦游”，就是借着外出求官或做官之机，顺便旅游。

徐霞客不一样。他是个字面意义上的“无业游民”，为了旅游而旅游。或者说，他的职业就是旅游，他的人生就是旅游，他为旅游而活。这样的职业旅行家，在传统中国社会是独一无二的。所以，他比其他任何旅游者走得更远，也更专业、更卖命。清朝文人潘耒评价他说：“以性灵游，以躯命游，亘古以来，一人而已。”

徐霞客途穷不忧，行误不悔，多次遇盗，几度绝粮，但仍孜孜不倦去探索大自然的未知领域，瞑则寝树石之间，饥则啖草木之实，不避风雨，不惮虎狼。他摆脱了视游山玩水为陶冶情操之道的传统模式，赋予了旅游更具科学探索与冒险精神的内涵。他征服过的地方，往往是渔人樵夫都很少抵达的荒郊，或是猿猴飞鸟深藏其中的山壑。

他白天旅行探险，晚上伏案写作，有时甚至就着破壁枯树，燃脂拾穗，走笔为记。他以客观严谨的态度，每天忠实记录下当天的行走路线，沿途所见的山川风貌与风土人情，以及他的心得体会。

关键是，他写游记压根儿不是为了发表。写着写着，写成了习惯，或许就把写游记当成了与自己的对话而已。

可以说，他所做的一切，纯粹是为了满足自己的求知欲和好奇心，除此之外，他没有什么功利心，也没想过什么实用价值。也正因此，他才不会变得短视，从而使得自己的人生与文字在几个世纪之后仍然散发着理性的光辉。

3

面对徐霞客这样的“怪咖”，我们几乎无法做出合乎社会规范的评价。不管是晚明的规范，还是现在的规范，似乎都容纳不了这样一个人。

我们现在把徐霞客捧得那么高，其实无非看中了他的游记中体现的科学精神。但这一点，徐霞客本人并不在乎。他的游记流传下来，本身就带有偶然性。

如果他的游记失传了，我们还会如此追捧他吗？我想，肯定不会。

清代纪晓岚评价徐霞客时，显然遇到了类似的困境。他在《四库全书总目》中给予《徐霞客游记》较高的评价，说“其书为山经之别乘，舆记之外篇，可补充地理之学”。但他对徐霞客的人生选择并不赞赏，所以对徐霞客的旅游动机进行了揣测和批评，说徐霞客“耽奇嗜僻，刻意远游”。就是说，徐霞客性情乖僻，惯于标新立异，处心积虑地游走他方并沉溺其中，有沽名钓誉之嫌。

搁在今天，这句话的意思就是，你的行为超出了我的想象，所以是可疑的。

徐霞客觉得自己的活法很有意义。对不起，我们都觉得没意义，就没意义。

总有一些超越世俗的无意义的事情，总有一种纯粹的内心需求，孤悬着，没人理解。哪怕极少数人走出暗室，看到了阳光，大多数人也不会认为阳光下就比暗室里温暖。

因为，他们已经逾越标准答案的范畴，相当于自行答题。人生的标准化是从标准答案开始的。你应该活成什么样子，什么时候应该干什么事，这些都有标准答案。每个人都要对照标准答案作答。

徐霞客，偏题了，只能被归入“千古奇人”。

（摘自《读者》2023 年第 2 期）

杨 梅

琦 君

六月，该是故乡早谷登场、杨梅成熟的季节了。我家乡的茶山杨梅，可以媲美杭州的萧山梅，色泽之美，更有过之，一颗颗又圆又大，红紫晶莹，像闪光的变色宝石。母亲从大筐子里选出最好的给父亲和我吃，我恨不得连人都钻进篓子里，把烂的也带核吞下去。母亲看见我那副猴相，笑着骂我："这样吃杨梅，给你招个茶山女婿吧！"终于我吃出胃病来了。胃酸涌上来，整天不想吃饭。母亲把杨梅核儿焙成灰，叫我用开水服下去，喝了几次下来就好多了。母亲正色地告诫我："小春，你吃东西这样任性，长大了一个人在外没有妈照顾，病了怎么办？"我常常为母亲的叮咛感到厌烦，无知的孩童，总以为一辈子都会在母亲的爱抚下享受着幸福呢！

农历的六月上旬，是乡间家家户户"尝新"的好日子。"尝新"就是新谷已经收成了，农家得做几样好菜，谢了谷神，请大家来喝杯庆祝的喜酒，吃碗又香又甜的红米饭（新谷是红米）。酒席里最好吃的是四个大盘：一盘茄松（茄子切丝，裹了面粉、鸡蛋油炸），一盘蛤子，一盘切得方方正正的西瓜，一盘拿烧酒浸过的杨梅。这四样东西差不多家家相同。我爱酒，又爱杨梅，啜着烧酒杨梅，佐以茄松，剥着蛤子，最后吃鲜甜的西瓜解渴。还有比这更快乐的事吗？所以哪家请吃“尝新”酒，总是我做代表。父亲是懒得出门的，母亲又是这样不吃、那样不尝的，我就乐得单身赴宴，吃得满意而归，宁可吃坏了肚子，又害母亲操一场心。

后来，我家搬到了杭州，萧山的杨梅也一样鲜甜，样子是椭圆的，颜色是粉红或白的，看起来远不及故乡的茶山梅漂亮。我因为患有胃病，已经不能多吃杨梅，更不能咽核儿了。母亲仍从篓子里选出最大最好的几颗留给父亲与我吃。星期天回家，我端了藤桌椅坐在院子里，母亲就把一碟用盐水洗过的杨梅放在我面前，说：“小春，只吃十颗，晚饭后再吃十颗。”我一面做着代数，一面把杨梅放进嘴里慢慢儿啜着甜汁。令人头痛的代数题，一道也做不出，十颗杨梅却在我万分不舍的情形下被吃光了。母亲笑着端起剩下的说：“再吃一颗，明天的代数就考个杨梅大的零分。”我也笑着，紫红色的杨梅汁滴落在练习簿上。

抗战第二年，我们回到故乡，父亲病了。他患的是肺病与痔疮，这两种病都不宜吃杨梅，可是到了杨梅成熟的季节，他还是想吃，每次只能吃两颗。有一次，父亲的朋友从远方来，送了他一对玲珑剔透的水晶小碟子，父亲自是心爱万分。母亲把两颗紫透的杨梅放在一只水晶碟子里，另一只碟子里摆上几朵茉莉花与一枝芝兰，清早叫我端去放在父亲的枕边。闻着芝兰的阵阵清香，父亲把杨梅拿在手指尖上，端详半晌儿说：“你母亲爱花，爱水果，可是她从不戴花，也不吃水果，只默默地培养得花儿开了，果子结了。她一生都是那么宁静淡泊！”他眼睛望着墙壁上母亲与我的合影，好像还有许多话想和我说，却没有说出来。

农历六月初六，是父亲的生日。头一晚，母亲就吩咐我早起，在佛堂与祖宗神位前点上香烛（因为父母都是信佛的），然后再扶父亲起来拜佛。可是未到天亮，父亲就气喘了，我与庶母都陪着他，母亲仍在楼下张罗。他的呼吸愈来愈急，我摸他的脉搏，急促而衰微，他的额上冒着豆大的汗珠。我知道情况不好，赶紧给他注射平气强心针。父亲的眼睛只是望着我，又看看墙壁上的照片，我懂得他的意思是要我赶紧请母亲来。我急急跑到楼下，母亲正端了那一对水晶碟子的芝兰与杨梅跨上楼梯。我接过碟子，呜咽地说：“妈，爸爸要你快上去。”可母亲还是犹疑不决。因为父亲卧病之初，庶母就请人算命，排起八字来说母亲的流年与父亲有冲克，两年中必须避不见面。庶母信了这些话，示意母亲不要去看父亲。父亲呢，心中虽有千言万语要与母亲倾吐，怎奈母亲执意以父亲的身体为重，不愿与他见面。于是父亲与母亲之间，都是由我传递心曲。可是现在，一切都太晚了，我拉着母亲的手，喉头哽咽，不能成声。母亲也慌了，三步并作两步赶上楼来，庶母已在旁放声大哭。父亲只以含泪的眼睛看着母亲与我，嘴唇微微动了一下，未能启口即溘然而逝了。母亲掩着嘴忍住了哭，半晌儿才说：“你们都不要大哭，不要扰乱他的精神，跪下来念经，最后的一刻，让他平安地起身吧！”我们都跪伏在地上，是母亲的语音似古寺钟声，使我于神志昏乱中略微清醒过来。我抬起模糊的泪眼望着母亲，她于满脸的悲伤哀戚中，仍透露出一股临大变而能勉强镇定的毅力。她将父亲的双手平放在胸前，给他穿上袜子，看时钟正指着九点。小几上摆着那两个水晶碟子，芝兰散发着芬芳，杨梅仍闪着紫红的光彩，此情此景愈加使我泣不成声。六月初六，父亲的生日，谁又想到竟成他的忌辰呢！

四十九天的斋期中，我每天总不忘在水晶碟子里摆上几瓣鲜花与两颗杨梅，供于父亲灵前。而母亲呢？似乎再无心情拣选最熟最紫的杨梅了。

我负笈上海以后，每年夏天杨梅成熟之时，也靠近父亲生日与忌辰六月初六。上海没有好的杨梅，我也不再想吃杨梅。南望故乡，我怀念的是去世的父亲与劳累大半生、白发皤然的母亲。

1941 年初夏，我大学毕业，母亲叫小叔写信告诉我：“孩子，早点回家吧！回家正赶上杨梅最好的时候。妈又得为你拣一颗颗晶莹的大杨梅了。”我感谢母亲比海更深的爱，也想起父亲那一对心爱的水晶碟子。

可是那时因战事，海岸线封锁，我竟迟迟未能成行。忽然一个晴天霹雳，叔叔来信说母亲旧疾突发，叫我立刻回家，迟恐赶不上了。我冒着危险，取道陆路，花了整整二十一天才赶到家中，赶到时母亲的灵柩已停放在祠堂了。

时光于哀痛中悠悠逝去，我亦已备尝忧患，儿时那种吃杨梅的任性与欢乐，此生永不会再有了。

（摘自《读者》2022 年第 11 期）

回不去的才叫故乡

陈晓卿

故乡是什么？

字面上的故乡是指自己的出生地。但事实上，每个人心里还装着另外一个故乡——那是自己非常依恋的地方；是自己可以看不惯，但绝不允许别人骂的地方；是无论自己开心还是沮丧，都可以寄托情感的地方。

比起故乡的样貌，人们更容易记住的是故乡的口味。从科学的层面上说，人的口味基本形成于童年时代，你童年时吃到什么，以后的口味就是什么。顽固的故乡口味依赖，源自神秘的童年味觉编码。

故乡的味道首先是地理意义上的，它标识着你的归属，每个人都站在自己建立的食物鄙视链的顶端。这种归属感牢不可破，尤其以有风味的经济发达地区为代表。一名北京的兄弟总结他们家的婆媳关系，太太和老太太亲如一家的和谐中，一直存在着餐桌上的口味博弈，因为他娶了一个上海美女。

故乡味道还证明着你口味的正宗。如果你对自己故乡的食物有着清晰的记忆，那么在一个饭局上，尤其是和你的口味正好吻合的饭局上，你就有绝对的话语权。故乡甚至关乎个人的尊严。在我看来，没有哪个地方的食物更好吃，但是一个故乡感非常强烈的人，他能把故乡的“口味正确”上升到倍数的水准。比如，哪个地方的辣椒最辣，这绝不是史高维尔指数能够标定的。羊肉更是这样，甘肃、宁夏都声称自己拥有世界上最好的羊肉，新疆和内蒙古更具体到南疆还是北疆、呼伦贝尔还是锡林郭勒。一个海南人过来插话，嘉积鸭、文昌鸡、和乐蟹、东山——羊字还没说出来，所有北方的网友不约而同地敲黑板：注意，我们在讨论羊肉的话题。

所以在饭局上，我经常会小心询问在座宾客的籍贯，稍一大意，就会对人际关系造成永久的伤害。因为中国太大，连汤圆、粽子、豆浆都存在甜党和咸党，鸿沟几乎与信不信中医、吃不吃转基因食品一样，一言不合，势同水火。南京人请客吃烧卖，一个呼和浩特人充满同情，什么，糯米馅儿的？江苏现在经济形势不行啊，吃不起肉？旁边一个广东人打圆场，我们广东更可怜啦，烧卖连面粉都用不起，用鸡蛋擀皮儿，而且，只能当早点。

事实上，故乡的味道不仅仅是空间意义上的，也是时间意义上的，和你的记忆、你的成长有关。

每个人都有两个故乡，一个是空间的故乡，一个是时间的故乡。对于一个成年人，假如他的生长地在另外一个地方，那个地方十几年甚至几十年前的样子会永远刻在他的脑海里，而且被赋予更多的情感色彩，同样地也包括当年的味道。就像梁实秋的北京，郁达夫的杭州，张爱玲的上海，汪曾祺的高邮。与其说他们在怀念故乡的食物，不如说他们在回忆自己的成长。

所以有人说得好，回得去的叫家乡，回不去的才叫故乡。

天涯咫尺，故乡难寻。这几年，我和同事只做了一件事情——用食物给大家描绘一个美味的故乡。

（摘自《读者》2019 年第 1 期）

春 韭

郗文倩

对于季节的更替，鸟兽草木总比人敏感。这边人还围着火炉瑟缩着，那边河里的野鸭已知春江水暖了；这里春寒料峭，那里枯叶之下，新生的草叶已茁壮挺立。所以，翻着日历数来的春天，远不如眼耳鼻舌口感知的春天来得踏实。踏春挖野菜，园中剪春韭，与其说是生计所需，不如说是心理满足的需要。

俗语云：三月三，韭菜鲜；六月六，韭菜臭。人们认为韭菜以春季的为佳，夏季韭叶生长迅速，水分易流失，口感不好，故却之甚远。其实，六月韭菜虽不如春天的鲜嫩，也并非“臭”不可食，实在是那时餐盘里有太多选择，口舌傲娇起来，也确实可以大大地挑剔一下。早春韭菜属于时鲜，头茬韭更鲜美。“头”是首要、第一、最上端的意思，常用来指茎芽最嫩的部分，如豌豆头、马兰头、枸杞头等。头刀韭金贵，据说蒲松龄就消受不起。他说："二寸三寸，与我无份；四寸五寸，偶然一顿；九寸十寸，上顿下顿。"等到韭菜已老，长及盈尺，价格便宜了，才上顿下顿地吃吧。

人人喜吃鲜嫩之物，文人更显得嘴馋，不仅要吃，还要写诗表白。杜甫诗云："夜雨剪春韭。"辛弃疾也学舌："夜雨剪残春韭。"不过，能把馋嘴写成诗，是诗人的本事，馋嘴也就变成雅趣了。

旧时立春吃春饼，又叫春盘，韭菜是不可少的。苏东坡诗云："渐觉东风料峭寒，青蒿黄韭试春盘。"春盘，又称"辛盘""五辛盘"，早先，盘中装有五种辛辣蔬菜，以合五行，代表东西南北中五方神灵，以驱邪避祟。初春时节，五脏六腑经冬积攒了恶浊之气，要借辛辣之物驱除，至于哪些辛辣蔬菜可登堂入室，倒没有一定之规。一般说来，蒜苗、青葱、韭菜、芫荽、萝卜都可以担纲。

韭菜含挥发性精油，有独特的辛香味，又含硫化物，具有杀菌作用，其根叶捣汁，有消炎止血止痛之效，这便是所谓的医食同源。古人很早就利用这点，将韭菜制成调料，以杀菌，并遏制肉食的腥膻。《礼记·内则》称，调制切细的肉，春用葱，秋用芥酱；调制猪肉，春用韭菜，秋用辛菜。调脂用葱，调膏用薤。薤，叶似韭而阔，也是葱韭类的调味菜。这样用料，已十分讲究了。按《周礼》，当时调料酱品有"七菹"，指的是用秋葵、芦笋等腌制的酸菜或咸菜，其中就有"韭菹"和"菁菹"，前者是腌制的韭菜，后者即韭花酱，"菁"即韭菜花。

韭菜花做调料更是美味，因为地道的腌韭花只有合着时令，才美味。韭菜一年可吃多茬，但韭菜开花仅在夏末秋初，相较而言就算珍品了。腌韭花选料很讲究，要在韭花欲开未开时采摘，此时花朵完整，刚结籽，营养、味道保存完好。过早，花籽未成，水分大不说，也缺了籽的清香；

过迟，则花朵枯老发黄，品相不好，口味也差多了。韭花洗净，晾干剁碎，加盐搅拌入坛，两三日后就有令人垂涎的鲜香味，即便当小菜也是极下饭的。有些人家，加入秋梨以及新鲜的蒜姜，味道就更浓郁了。

老北京有涮羊肉，是出了名的美食，羊肉要选内蒙古草原的肥羊，经过整个夏季丰美水草的滋养，羊肉肥美鲜嫩，而此时，也正是韭菜开花结籽的时候，新做的腌韭花就成了地道配料，这种韭花酱配羊肉的吃法，是极为古老和经典的。五代时有一位书法家，叫杨凝式，陕西华阴人。农历七月十一日，初秋，他午睡后腹饥，恰有人馈赠韭花，大喜，遂修书相谢，大意是：

午睡刚起来，腹中正感饥饿。忽然收到来函，还辱承赐我盘飧美食。在这一叶报秋之时，正是韭花酱异常鲜香可口的时候，用它来佐食肥嫩的羔羊肉，实可称为珍馐呀。饱食之后，尤为铭感！恭恭敬敬写下回信致谢，敬请察知。

全文六十三字，七行，文字书法极疏朗，恰与当时闲适的心境相配，这就是书法史上有名的《韭花帖》。

（摘自《读者》2022 年第 6 期）

日 熹

胡竹峰

走进春日竹林，夜里下过雨，隐隐有珠光宝气在眼底、在胸前，驱散了最后几缕阴霾，无哀愁、无挂碍、无恐怖。两束光亮起，一束从脑际射出，一束自头顶照下，心静如玉。

风吹起衣袂，竹林中新鲜的气味四处弥漫，那是田野露水和朝阳的气味，篱笆青草与红花的气味。一株蕙兰在竹苑旁开过，散着幽香。几根笋粗壮有峰峦气象，石峰、林峰、竹峰，得了春欣自然之力，不几日便蹿至两人高。头顶蓝而深的天，几朵云缀在那里，像一丈青锦上镶嵌的如意。竹林比天颜色更深，烂漫到碧翠如蓝。

柿子树下两只喜鹊欢叫，彼此唱和。树高且大，枝头密密麻麻的叶子，焕然一新，又回到青葱年华。老去的只是过客，山川永恒，星辰永恒，树木永恒……鸡鸭出了埘窝，鸡在草地啄食不休。鸭子憨憨地张开翅膀，无所适从的模样，孩子们将它赶向庭院外的池塘。竹篙挥过，几只麻鸭逃一般跳起，扑棱进水里，惊得两尾鱼跃出水面。是金色的鲤鱼，腰身翻转，阳光下一阵迷蒙。

忍不住走近水边，碧绿的池塘透着晶莹的光，鱼在菱莲之间悠游自在，黄色、橙色、红色、灰色的鱼，影子淡淡地投入水底，或大或小，或胖或瘦，或动或静。游动的鱼好看，静止的鱼也好看，凝住了似的，投块瓦片，惊得它闪身逃出三尺外，躲到浮萍下。

塘埂旁农人屋前挂满了衣物，花花绿绿的衣服也像花。看见幼童的衣裤，眼眸与心底忍不住柔软，化开了，坠入空阔的无邪，一脸欢喜。太阳越升越高，像巨大的蛋黄，何止光芒万丈。

雾渐渐散去：是大放光明的人间白昼。日熹下，周照无极，山河光明，画出人间斑斓的影迹，并不独是影迹，更画出万千生机。瓦房传来一个童声，念的是汉人镜铭：

日有熹，月有富，乐毋有事，宜酒食，居而必安，毋忧患，竽瑟侍兮，心志欢，乐已茂，固常然。

汉镜稀世，这样的铭文更稀世。以镜自照，以人自照，以日自照，照见五蕴如琉璃。古人说：“未有天地，先有琉璃。人，一琉璃也；物物，一琉璃也。”昱耀心田，度一切苦厄，美意延年。

（摘自《读者》2022 年第 10 期）

一朵远行的木耳

艾　苓

林场的四周都是大山，到了冬天，整个林场被一场又一场大雪覆盖。那天幼儿园放寒假，我穿戴整齐，跟着爸爸去百米开外的姥姥家。才走出几步，爸爸回头问："冷不冷？"我说："冷。"爸爸说："好好学习吧，你一定要走出大山，可不能像我一样留在这儿，记住了吗？"我说："记住了。"爸爸一定是怕我忘了，从小到大，这句话他说了好多次。

小学二年级那年，林场小学停止办学，我们不得不外出上学。离林场最近的小镇，坐客车得两个小时，一天一趟。镇里的小学没有宿舍，林场来的孩子住到附近人家，男生住大屋，女生住小屋。只有我生病了，妈妈才来陪两天，跟我一起睡在炕上。那时候林场没活干，我上学的费用占了爸妈工资的一半。

爸爸不服气。以前伐木，全林场谁都比不了他和叔叔那一组。跑山谁都跑不过他，他们在山里采灵芝、采蘑菇。有一回，晚上 11 点爸爸还没影，妈妈快急疯了，一会儿出去一趟。半小时后，爸爸终于露面，原来是摩托车没油了。

我上小学三年级的时候，家里开始做木耳菌。我们林场地多，不适合耕种，最适合栽木耳和养蜂，爸爸把浑身的力气都用在做木耳菌上。他用赚来的钱租房子、修房子、买设备。我家有了专门的菌锅、菌房。摆放菌袋的木头架子，是爸爸用山里捡的零碎木头一锤子一锤子钉起来的。那个大菌锅一次可以为 2000 袋木耳菌灭菌，一切都是新的，位置还好，很多人在我家做木耳菌。

2010 年大年初一清早，爸爸到菌房点火，只要开始做菌，菌锅就 24 小时不能停火。那年先做我家的菌，一共 2 万多袋。菌房里热气腾腾，雾气缭绕，爸爸打量着那些等着装锅的菌袋跟我说："等这两万多袋木耳菌栽到地里，那就是两万多个钱串子！"

大年初二，舅妈请我们一家去吃饭。妈妈忙到下午 6 点半才过来吃饭，她端起饭碗没吃几口，外面有人跑进来喊："不好了！老李家的菌房着火了！"妈妈放下饭碗往菌房跑，我到处跑着喊人："我家菌房着火了！求求你们，快去帮我家救火吧！"

人是喊来了，去了也是看着，菌房是刚翻新的彩钢瓦房，谁也不敢上前去。爸爸想上去，被妈妈死死拉住。他扶墙站住，背着我们浑身颤抖，一定是哭了。林场的消防车坏了，开不出来，有人从别的林场调来消防车，但已经晚了。火从叔叔家的菌房开始着，除了我家菌房，还烧了一户人家、两户空菌房，那场大火一直着到凌晨 2 点。

我们都去奶奶家商量事情，商定的结果是，我家的 5 万多元损失自己负责，邻居的损失由叔叔赔偿。回家以后，一家三口一夜无眠。天刚亮，爸爸起身出去，妈妈嘱咐我："你一天都跟着他，去哪儿都跟着，明白吗？"我当然明白，妈妈怕爸爸出事，我也怕。

爸爸在院子里摇着铁把手正在给三轮车打火，他满脸是泪，看见我出来赶紧转过脸去。我跟爸爸去了菌房，满眼望去一片漆黑，能烧的都烧了，留下几堆废铁。爸爸叹了口气说："好好的东西都成废物了！"他拣了几件可能有用的东西，装到三轮车上。

2011年，爸爸准备东山再起，他重新找房子，重新做起来。那时候我已经上高中，家里在镇上租了房子，妈妈时不时过来陪读。5月份正是家里最忙的时候，妈妈回家干活了。

有一天晚上，妈妈匆匆回到住的地方，拿了几件衣服就走了，我正在写作业没在意。三四天后，邻居阿姨问："你爸爸怎么样了？转院没有？"我吓坏了，大声问："我爸爸怎么了？""他在这儿住院你不知道吗？听说粉尘爆炸，把你爸爸炸飞了。"

我放下书本拼命往小镇医院跑，出了这么大的事，我竟然一无所知。我满头大汗地冲进病房，我亲爱的爸爸身上缠满纱布，仅仅露出两只眼睛！我颤声问："爸爸，你没事吧？"爸爸无法说话，但他使劲点点头，眼泪不断。

每天中午放学，我都去医院看爸爸。爸爸烧伤严重，应该在无菌环境下治疗，但转院治疗需要一大笔费用，只能就近住院。爸爸住院一个多月，基本痊愈，但身上和手上留下很多疤痕。

出院以后，爸爸继续做木耳菌，但他再没参加过林场人家的婚礼。大一那年，爸爸来学校看我。我特意带他看了九思湖、图书馆，不管走到哪里，他都戴着手套。

外人说林场是"山里"，我们说林场是"沟里"，山里人睁开眼睛到处是活，特别是夏天。长大以后，我每年夏天都跟着家人摘木耳，但如果连续干，我受不了，顶多连干 3 天，歇一天我才能接着干。

著名的雪乡离我家不远。大二寒假，我去餐厅打工，餐厅 25 张桌子，每天接待旅行社游客 80~100 桌，端菜、撤菜、刷碗，忙得脚打后脑勺。这活比摘木耳还累，第一天晚上拖地，我根本拖不动。姑姑一边帮我拖地，一边批评我缺乏锻炼。从这以后，我不再厌烦摘木耳，还学会了做饭，爸爸妈妈都说我长大了。

考研失败后，我加入找工作的人潮，过程挺波折，也挺纠结。男朋友在深圳工作，我参加过广州、深圳的招聘会，人家看了简历都问："绥化学院在哪儿？是本科院校吗？"我心仪的深圳某校，资格审查后就没戏了，自信心备受打击。

2017 年 3 月，我去哈尔滨师范大学参加招聘会，参加了海南某开发区小学的笔试，中午吃掉包里的梨权当午餐，下午参加了面试。校长还是问："绥化学院在哪儿？是本科院校吗？"这回我有备而来，说："绥化在哈尔滨北面，坐火车只要一个多小时。绥化学院是省属普通本科院校。"

校长问："和哈师大的学生比，你的优势在哪里？"有根弦绷了很久，我突然绷不住了，瞬间满眼泪花。我说："在对专业的深入程度上，和他们相比，我的确有差距。因为知道差距，才更加努力，小时候我学过单簧管和朗诵，大学期间专门学了书法和画画。"校长让我朗诵，我朗诵了岳飞的《满江红》。说课环节说了一半，被他叫停说可以了，他还说："同学，你要自信一点。"

从面试场地到主校门的路特别长，天已经黑下来，我一边走一边哭，在这个陌生的校园里，谁会在意一个陌生女孩的眼泪呢？

到下半夜手机响了一声，校方短信通知我："恭喜你被我校录用了！

天亮以后请过来签三方协议。”

去海南，我内心挺挣扎的，我完成了爸爸的夙愿，真的走出了大山，却跟他们天南地北，相距4000公里。海南最先考验我的是热。都8月份了，晚上还30多摄氏度，偏偏我住的公寓空调坏了。修空调的人来了4趟总算修好后，一个月都过去了。睡不着觉的时候，总能听见楼下的调声。调声是当地的民歌，当地人又唱又跳，开始我觉得太聒噪，慢慢有点喜欢，后来可以在调声里打盹了。

考验我的还有学生。我当班主任的班，40多个学生中，语文测试不及格的有七八个，有的成绩二三十分，有些学生不懂拼音。后来才知道，个别家长不会写字。不会拼音的学生，我单独补课。每个有进步的学生，我都奖励小零食或者小文具。他们偷懒的时候，我总忍不住发火。每天晚上8点多回到公寓，我总有种被掏空的感觉。4年里，他们的成绩从年级组第四提升到年级组第一。

2021年6月，他们要毕业了，我舍不得，严重失眠。失眠的时候，我给43个学生每人手写了一封信，短的一页纸，长的两三页。写完的信装进红包，红包里还有我选购的书签，每人两枚，上面有各种励志格言。上最后一课时，我把毕业礼物送给了他们。

学校的毕业式很长，毕业式后是教师大合唱。大合唱结束已经晚上7点多了，我直奔教室，教室里只有几个学生。我平常对他们太严肃，最后一天我想把笑容留给他们，结果人都走了，我难过得哭了。

班级的家长会决定，组织一次毕业联欢会。我把他们的校园生活照做成幻灯片。播放幻灯片的时候，他们特别安静，玩游戏的时候，他们特别开心，镜头记录下我们的笑容。联欢会后，毕业这件事在我心里画上了句号。

身体的原因，我没有再当班主任，但有些学生的家长和我成了朋友。学生毕业后，有个家长说我吃饭太对付，一定让我到她家吃饭。吃了她做的菜，我才知道海南菜也很好吃，人家不用调料，青菜和肉的味道更鲜美。我加班的时候，她还特意给我留饭，那是家人的感觉。我想交伙食费，她不收，我就买东西带过去。海南那边也有木耳，很薄，一炒就软了，不像我家那边的木耳，肉厚，有弹性。

从自然环境说，我更喜欢夏天家乡的林场。那里四面环山，空气清新，整体改造后的房子像迷宫一样，家家户户都是红色钢瓦房，红色大门，蓝色障子，两家一组房子连脊，巷道四通八达，一侧种樱桃树，一侧种黑加仑。城里人进来就发蒙，见了果子就摘，我们很少摘樱桃或黑加仑，山上的果树太多了。林场人还有一个习惯，家家户户都不锁门。出去的时候，我们把锁头挂在门上，用这种方式告诉来人：主人不在家，有空再来吧。

只身在外，我常常看到自己身上的山里人印记——真诚、直率、肯吃苦、不服输，那也是爸爸身上的印记。我是爸爸亲手培植的一朵木耳，怎么可能不像他呢？

（摘自《读者》2023 年第 6 期）

草莓时刻

徐国能

三月的傍晚，台北无端沉入春寒。

窗外已模糊为墨色的山水画，我多盼望此时晚天的颜色能是一种清丽的淡蓝，带着悠远的问候，或是对明朝的期盼。但天色是如此阴沉，像人们郁积的心事，轻轻一拧，就要滴出水来。如果是这样，多少正在归途的人又要发愁了。

妻子在厨房清洗草莓，女儿在她的小房间练习穿衣服，她必须加快速度，因为妈妈说她再不出来，草莓就要被吃光了——但我知道妈妈不会这么做，而且小孩的事，欲速往往更加不达了。她们的对话让时光变得细致起来。我坐在小书桌前，阅读着学生的作业，谈的都是诗，形式、内容、隐喻，对青春的向往……每一篇都情感丰盈动人，虽然有时不免稍稍雷同，但那些源自生命深处的情怀，就像来自不同植株的草莓，每一颗的滋味都有微妙的差异。有人写着“我是肉体的诗人，也是灵魂的诗人”“那绵延不绝的草莓缀饰着天庭的殿宇”。我知道，这是惠特曼的《自我之歌》，记得诗里说过：“我相信泥泞的土块将成为情人与灯光。”

于是，我就坐在灯光里，此时便成了我的草莓时刻。

在孩提时代，草莓于我而言是相当遥远的事物，和童话中的森林一样遥远。辛劳的父母，给我提供的是香蕉一般实在、番石榴一样坚硬、西瓜那样汗水淋漓的生活。我穿着捡来的旧衣鞋，读着二手的故事书，这样的快乐就足以使我忘却卑怯，纵使草莓并不存在于我的现实生活中。

然而我多喜欢像现在这样，看妻子用净水冲毕，将艳红的草莓放在绘了小花的瓷盘上，招呼孩子来享用。音乐细细流淌，淹没了一日奔波的烦忧。我不知道这美好的一切是如何降临的，窗外在不觉间已飘起寒雨。如果从远处看，光晕浮动的家，应该是充满平和与怡悦的吧！在漫漫人生路上，人是不是只期待着如此的一刹那——这一刹那间，是不是所有的悲欣与生灭都转瞬消逝，且微不足道？妻子说草莓季就要过去了，我想在往后的长夏与清秋，在飞逝的时光中，我都将记得这一刻。但我担心起来，此刻的温馨是否亦脆弱如人们眼中的草莓，禁不起世事无情的挤压，亦不耐人生风浪的碰撞。人在甜美的时刻，为何总有夜幕低垂般的心事呢？

不过，回首来路，既已尽享人生丰丽的果实，其实已无什么是会失去的。妻子问我要不要多吃几颗，我笑说不用了，我要回到书桌前继续读一首长诗。回味着还停留在口中、带着青草气息的甜意，我再一次想到“我相信泥泞的土块将成为情人与灯光”，但情人与灯光又将变成什么？妻子收拾杯盘，晚间的动画片开始了，我想起多年前的电影《布拉格之恋》，想起影片最后的对白：

“托马斯，告诉我你心里在想什么？”

“我在想，我有多么的快乐……”

隐约传来的欢快歌谣似在轻轻告诉我：所有的草莓时刻啊，应该都是带着微酸的。

（摘自《读者》2022 年第 24 期）

草原额吉

许晓迪

20世纪60年代，在内蒙古自治区，一个外号叫“小毛巾”的小女孩，打翻了妈妈给她做的奶豆腐，因为“难吃”。在草原上，她是一个奇怪的孩子，没有蒙古族名字，吃不惯牧民的食物，看到冰糖两眼放光，吃到鸡蛋会开心地笑，有厕所才愿意方便。

她的记忆深处都指向她来的地方——上海孤儿院。她被称作“小毛巾”，那是因为她经常拽着一条小毛巾不撒手。毛巾是亲生母亲留给她的，上面绣着她的名字：杜思珩。在她的故事背后，凝结着一段真实的历史：3000多名孤儿入内蒙古。

接一个，活一个，壮一个

1960年，水、旱、虫、雹一齐向神州大地袭来，我国遭受严重的自然灾害。上海孤儿院人满为患，几乎每一天都有被送来的弃婴、弃童，粮食和营养品难以为继。

当时主管妇女儿童工作的康克清心急如焚。在北京的一次会议上，她碰到内蒙古自治区人民政府主席乌兰夫，向他求助："能不能搞些奶粉给那些可怜的孩子？"

此时的内蒙古，也处在灾荒饥馑中，但乌兰夫立即伸出援手，凑出几千罐奶粉，运往南方。然而，对于"远方的哭声"，这些奶粉只是杯水车薪。

"将孤儿接到内蒙古来，分派给牧民去抚养。"乌兰夫的指示简洁果断：接一个，活一个，壮一个。

那几年，内蒙古自治区先后接纳了来自上海市和浙江、安徽、江苏等省的3000多名孤儿。这些来自江南的孤雏，将在内蒙古高原的花草中、马背上与蒙古包中，开始新生活。他们先到城市医院里进行严格的体检、治疗。当身体无大碍时，孩子们会被送到育儿院。这些育儿院有一个统一的名字——"兴蒙"。

19岁成为28个孩子的母亲

育儿院，是孩子们在草原生活的第一站。他们随时面临生存的挑战，消化不良、腹泻、脱水、麻疹、水痘，尤其是蛔虫病，常常折磨着他们。

呼和浩特市育儿院的保育员马玉珍回忆，吃了蛔虫药，孩子们到处拉蛔虫。有时，便出一半的蛔虫还在肛门外挣扎、缠绕着，孩子们吓得一边哭，一边叫。保育员去帮他们，手哆嗦着，拽出那些白色的虫子。

育儿院有一个 5 个月大的女婴，得了蛔虫病，任何食物都给她喂不进去，医生也束手无策。

马玉珍很着急。那年，她 29 岁，有一个正在吃奶的儿子。她试着把乳头放进女婴嘴里，女婴没有拒绝，不一会儿就吃饱了。她又找来偏方，用使君子熬水喂给孩子，女婴服用后拉下大团的蛔虫。

不久，女婴脸上有了红晕，长了肉，马玉珍自己的儿子却一天天瘦下来。在那个年月，人们很难买到好奶粉。她把自己的奶水喂给孤儿，自己的孩子只能吃玉米糊糊。

也有很多保育员，还是未婚的姑娘。1961 年，19 岁的都贵玛被分配到四子王旗育儿院，成为 28 名孤儿的额吉（蒙古语，母亲）。这些孩子，最小的刚刚满月，最大的只有 6 岁。

从喂奶、喂饭到卫生护理，都贵玛常常不眠不休。孩子生病了，她冒着凛冽的寒风和被草原饿狼围堵的危险，深夜骑马奔波几十里去找医生。在她的悉心照料下，28 个孩子没有一个因病致残，更无一人夭折。在那个缺医少药、经常挨饿的年月，这堪称奇迹。

在育儿院，马玉珍、都贵玛的故事，到处都有。

很多无名的母亲，用自己的奶水喂养了病弱的孩子。很多职工义无反顾地将自己的鲜血献给孩子，有一个人先后献血 15 次，却没有留下姓名。

在这里，这些孤儿被称为“国家的孩子”。

6个孤儿立下一块墓碑

镶黄旗新宝力格公社育儿院有6个孩子，他们经历了遗弃、漂泊、迁徙，本能地对抗着外部世界，用上海话互相鼓励，不愿意到蒙古包里去。

保育员张凤仙主动提出收养这6个不愿分离的孩子：“只要有我一口吃的，我就不会让他们挨饿。”

张凤仙的丈夫仁钦道尔吉，曾是一名骑兵连连长，转业后在旗畜牧场当场长。他踩着碎雪去荒原上打兔子、追黄羊，捡回过去不屑一顾的头蹄下水货，给孩子们补充营养。

有一年春节临近时，粮食局给每个孤儿特批5斤大米，领米的地点在百里之外的化德县。张凤仙顶风冒雪，长途跋涉，一路上靠几块饼干和白雪充饥，背回了30斤大米。

张凤仙坐在门口纳鞋底，让孩子们在家里读书。旗府中学的一位老师，曾被勒令去滩里铲羊粪砖。张凤仙便把他请到家中，给他烧茶、做饭，请他教孩子们功课，晚上再给他一车羊粪砖让他回去交差。

就这样，在偏僻遥远的草原上，一顶破旧的蒙古包成为一所播种文明的学校。孩子们学会了演算数学、书写汉字。后来，这6个孩子个个有出息。

1991年1月，劳累一生的张凤仙逝世。那些岁月里，几个孩子始终叫她“张阿姨”，因为张凤仙告诉他们：“你们是国家的孩子，你们的妈妈在上海，你们叫我‘阿姨’。”

蒙古族牧民没有立碑的习俗，但这6个汉族儿女，却以汉族传统的方式，在草原上为父母立下一块独特的墓碑。在坟前，他们终于叫了张阿姨一声“妈妈”。

不能忘却的记忆

草原额吉与“国家的孩子”的故事，还有很多。

锡林郭勒盟有三姐妹，老大叫国秀梅，老二叫国秀琴，老三叫国秀霞。当初，她们没有姓名，民政局的叔叔阿姨们说，他们都是国家的孩子，就姓“国”吧！

朝鲜族大娘芮顺姬收养了她们。3个孩子都患有小儿麻痹，腿脚不便，芮大娘扶着她们走路，背着她们上学，看着她们一个个出嫁、成家。

在以后的岁月里，这些“国家的孩子”，有的当了工程师、教师，有的走上领导岗位，也有的成了地道的牧民，在辽阔的草原上放牧自己的羊群。高原的风和阳光使他们变得剽悍、健硕，许多人讲得一口蒙古语，不经介绍，无法让人想象他们曾经来自秀丽的江南。

都贵玛抚养过的孩子们，已深深扎根在这片哺育他们的土地上。工作再忙、住得再远，他们都会不时到都贵玛家坐坐，陪额吉喝碗热乎乎的奶茶。

原本相隔千里、民族各异，如今却骨肉相连、生死相依。在那段困难的年月，草原以其博大的胸怀，成为无数人的额吉。

（摘自《读者》2022年第21期）

捡破烂儿的先生

于德北

我叫他先生，虽然他只是一个捡破烂儿的。

那一年，繁华的重庆路又大兴土木，这里将盖起一座、两座、三座，甚至四座非常豪华的商场，据说所卖物品皆为名牌，价格贵得惊人。

是啊，这座城市有钱的人越来越多，有几座这样的商场也在情理之中。

我骑着自行车，从灰尘飞扬的工地穿过，准备去一家出版社送自己新写的文章。

在重庆路与一条小街的交叉路口，一处深深的门洞下，一道奇异的风景吸引了我的注意力。

一个两鬓斑白的老人，年纪在70岁左右，靠在一辆架子车前，于一片喧嚣之中，静静地吃饭。他的饭很简单：地上一个罐头瓶子，里边是辣椒酱；罐头瓶子旁边是一个玻璃杯，杯中斟满白酒；左手一根葱，右手一个雪白的大馒头。

我不禁停下脚步。

老人吃饭不急不躁，喝一口白酒，吃一口大葱蘸酱，然后再咬一口馒头。

见我站的时间长，老人冲我招招手，又指指地上的东西，意思是让我过去一起喝点儿。我摸摸口袋，里边还有点儿钱，就一头扎进旁边的副食店，买了一斤猪头肉。

就这样，我和老人认识了。老人姓张，是电机厂的退休工人，有3个儿子、1个女儿。那年他71岁，退休整整8个年头了。他的儿子和女儿都有不错的工作和家庭，也很孝顺，可他谁家也不去，就一个人过。他退休之前，老伴就去世了。他把宽敞的房子让给儿女住，自己住一居室的小屋，过着清静的日子。

每天，他早早地出门，拉着架子车，报纸、书本、易拉罐、酒瓶子，只要能换钱的东西，他都捡都收。

废品收购站下班之前，他把捡到的、收到的东西卖掉，然后拉着空车回家。这是他的生活，很有规律。

老人酒量很好，口才一般，面色红润，身体健朗。

我们正喝酒，来了一个40岁左右的家庭妇女，她趿拉着拖鞋，手里拎着两个空瓶子。

女人问："茅台酒瓶子咋收？"

"三十元。"老人回答。

女人把瓶子举到老人面前，絮絮叨叨地说："这个瓶子的商标和瓶盖完好无损，应该多给点儿。"说完，还做出一副转身欲走的姿态。

"三十五元。"老人重新给了价。

女人悻悻地交出瓶子，数好钱，走了。

不待女人走远，老人突然从身旁摸起一块石头，猛地向瓶子砸去。只听“砰”的一声，转瞬之间，两个完好的瓶子被砸碎了。

女人惊愕地停下脚步，我也瞪大了眼睛。

“您，怎么砸啦？”我问。

“砸了，他们就造不了假酒了。”老人淡淡地回答。

我还想说些什么。老人却笑了，端起酒杯，爽朗地冲我说：“来，干！”

（摘自《读者》2021 年第 23 期）

荷塘月色

胡竹峰

窗外街市，人们迎面而来又背身走去，如同岁月的更迭。市井尘音纷纷扰扰，利来利往，其中有世情热味。热爱、热心、热闹、热衷、热烈、热情……是烟火，是人情。

人在世间烟火里久了，需要跳脱，需要清凉。荷塘是暑日的清凉引子。

在此处游荡，一年几度，忘了是第几回。

那一大片荷塘，蓦然惊心，几百亩，一望有涯，被柳树挡住了。夕阳下，天与地寂静无声，荷叶新绿安然。树要古，古木肃穆，让人有敬意；青草要新，欣欣翠绿才有喜气，才有元气。面对这泱泱荷园，浩大饱满之气扑面而来，精神为之壮阔。

暮气越来越浓，先是起了一层淡淡的雾。不多时，灰沉沉的夜色来了，月也来了。月色撩人，也像淡淡的、蒙蒙的雾，又像袅娜的青烟，给人以居家的悠然感。风吹荷动，微微作响，月上中天。

古人说月色无可名状，却可以摄招魂魄，颠倒情思。日光健朗，有英雄气，月差不多是尤物吧，有一些脂粉气、轻柔气，荷塘月色更甚，多了清静、多了清凉、多了清逸，可赏颜色，可观情态，幽静迷蒙，让人心头松软。

站在荷塘边，风是清凉的，月是清凉的。缕缕荷香裹着身体，片片皎白也裹着身体，似乎能透过肺腑，一股股凉意流入四肢百骸。人浸在清辉中，月似乎无所不在无孔不入，心神与苍穹凝成一体，如水乳相融，又像雨雪交汇，着实有说不出的妙境。一时无我，让人忘了尘世的荣辱悲欣。幼时被母亲抱到庭前拜月，月亮不是兄弟不是姊妹，乡俗说是月亮外婆。在孩子眼里，外婆身上有月色的温柔。月色也有外婆的和气，所及之处，皆为净土。

荷边是菜地。修长的小白菜，曲线玲珑。甘蓝半藏住绿色的菜心，莴笋呆头呆脑地立在风中，肥憨的南瓜懒洋洋地躺在地上，嫩生生的豌豆苗，墨绿的葱叶，一畦畦芹菜长得茂密。夜越来越深，野草上凝有冷露，触手一碰，手便湿了。月色朦胧中，但见远方淡褐色的山影，点点灯火与村舍相映，偶有几声犬吠。

夜风一次次拂起荷叶、荷花，月停在半空，冷光照着，茫茫一片。七月天，头上竟有凉意。空阔处，天上月与水底月辉映，只手探向水面，那月化作无数小碎片四散开来。这样的月色是多年前的往事了。故乡的夏夜，一轮金黄的圆月斜挂在门前的梨树上，洒下一片清辉，半爿院子仿佛被涂了一层银粉。目光所及，是一幅深幽空阔、安详静穆的山村图画。

去年冬天在川，车过僻静村落，见一大片枯荷，枯到极处，不存一丝绿色。冬日里水田残水盈盈，是另一种生机。水里的枯荷与水上的枯荷互映，枯到极处反而有奇绝之美，与眼前夏日的气象全然不同。有农妇在收红薯，忍不住接过锄头，挖了半块地。红薯一丛丛、一串串，紫红色，散在褐土上，有干净的富贵。

寂静荷塘上方的圆月，以澹远的夜空为背景，其色如银如玉，那里有先秦之光，两汉之光，六朝之光，隋唐之光，宋元之光，明清之光，更有今日之光。光照荷塘，光照山水，照着大地，投下一道道冷淡模糊的影子。

夜色无邪，月色又给无邪的夜色添了灵性。月越发明亮，风喃喃不休，轻如耳语，月光下的荷塘一动不动，平淡自然如展开一卷荷图。天际似有水意，人在凉亭里坐着，一股野性的生气击面。

月慢慢向西边靠移，光华清嘉如圣境。没有古人纵舟酣睡十里荷花中的雅兴，然香气怡人，清梦甚惬，彼此无异。夜终是深了，凉风沁人肌肤，起身回去，人走月也走，藏身在一朵晦暝的云中。一时间，“暮从碧山下，山月随人归”的旧事兜上心头。

（摘自《读者》2021 年第 15 期）

母爱，踩着云朵而来

丁立梅

父亲对我说：“你妈现在在家门口都能迷路。”母亲小声争辩：“是夜里黑，看不见嘛。”

母亲去亲戚家做客，夜里搭顺风车回来。车子停在离家半里路的河对岸，过了新修的桥就到家了。可她硬是找不着回家的路，稀里糊涂地踏上了相反的方向，越走离家越远，幸好遇到晚归的同村人，把她送回家。

母亲老了，这是不争的事实，她再也不像以前那般利索和能干了。我看着母亲，百感交集，想起了多年前与她相关的一件事，我一直觉得那是个奇迹。

那年，我在外地上大学，第一次离家上百里，就像独自跋涉在沙漠里，想家想得厉害，便写了一封家书，字里行间满是孤寂。母亲不识字，让父亲念给她听，听完，她竟一刻也坐不住了，决定坐车来学校看我。

母亲从未出过远门，大半辈子只圈在她那一亩三分地里。可她决心已下，谁也阻拦不了。她去地里拔了我爱吃的萝卜，烙了我爱吃的糯米饼，用雪菜烧了小鱼……临出发前，她还特意穿了做客的衣服——一件鲜艳的碎花绿外套。母亲考虑得周到，她不想给在大学里念书的女儿丢脸。

左挎右掮的，母亲上路了。那时从家去我的学校，需要在中途转两次车。到了终点站还要走十多里路。我入学报到时，是父亲一路陪着的，上车下车，穿街过巷，直转得我头晕，根本分不清东南西北，记不住路。

然而我不识字的母亲，却准确无误地找到了我的学校。我清楚地记得，那是秋末的一天，黄昏来临，风起，校园里的梧桐树飘下片片金黄的叶。最后一批菊花在秋风里，燃尽了最后一把热情，黄的脸蛋、红的脸蛋，笑得满是皱褶。我在教室里看完书，正要收拾东西回宿舍，一扭头，竟看见母亲站在窗外，冲着我笑。我以为是眼花了，揉揉眼，千真万确，是母亲啊！她穿着鲜艳的碎花绿外套，头上扎着方格子三角巾。三角巾被风撩起，黄昏的余晖为母亲镀上了一层橘粉色，她像是踩着云朵而来。

那日，我的宿舍里像过节一般。女生们个个都有口福，她们吃着母亲带来的大萝卜，吃着小鱼，还有糯米饼，不住地说："阿姨，好吃，太好吃了。"而母亲，只是拘谨地坐着，拘谨地笑着。那会儿，一定有风吹过一片庄稼地，母亲淳朴安然得犹如一棵庄稼。

一路上，母亲是如何上车下车，又是如何七弯八拐到达我们学校的；后来，她又是如何在偌大的校园里，在那么多的教室中找到我的，都成了谜。

我问过母亲，但她始终一笑，不答。现在我想，这些问题根本不需要答案，因为她是母亲，所以她的爱能踩着云朵而来。

（摘自《读者》2021年第14期）

寒梅著花未

欧丽娟

在文学的字面意思之下，其实隐含了非常深刻的内涵。

比如我们从小就耳熟能详的一首脍炙人口的短诗——王维的《杂诗》：

君自故乡来，
应知故乡事。
来日绮窗前，
寒梅著花未？

很多人对这首诗非常熟悉，也觉得最后一句理所当然。然而每当我提出一个问题，被问到的人总会哑口无言——因为他不知道，也没有想过，为什么王维会有最后那一句提问。

为什么久别重逢的时候，王维问的是，冬天的梅花开了没有？他为什么会问这么一个微不足道的小问题？

我们会有一个常态的心理反应，它应该比较像初唐诗人王绩所写的《在京思故园见乡人问》里的表达方式。我们会觉得理应迫切询问家乡是否安好，父母是否健在，然后问庭院、书斋等，家乡的一切是否依然如昔。

相较之下，王维的提问就非常奇怪。可是奥妙就在这里。

首先，请注意一处小小的训诂，就是“来日绮窗前”的“来日”。这个“来日”，指的是这位从故乡来的亲友来这里的那一天。换句话说，他问的是这位亲友所能够掌握到的关于家乡的最新的信息。王维传达出他确实非常渴望知道故乡最新状况的心意。

但是他为什么要问“寒梅著花未”？花开了没有，这究竟关乎什么呢？这跟我们心里最迫切的担忧似乎是没有关系的，然而它却深深触动了1000多年来许多游子的心灵。它的奥秘在哪里？

我非常幸运，在成长过程中，通过一位老师揭开了这个奥秘。

1983年，那时候我是一名高中生，这位老师是1949年到达台湾的。他曾讲过一个故事，让我终于找到理解王维这首诗的钥匙。

两岸的阻隔历经了不同阶段的变化，首先是彻底的隔绝，然后是两岸的人可以通信，之后就是允许两岸的人在第三地见面。而众所周知，关于第三地，从地理优势上来说，香港一定是首选之地。于是，他终于跟弟弟约定，他们在香港见面。

他说，心里的焦急、忐忑，无法用言语来形容。可是当重逢的那一天终于到来时，在终于见到弟弟的那一瞬间，内心的千言万语却无从诉说。就在那一刻，连自己都没有办法理解的是，他脱口而出的是一个自己根本没有想过的问题，他也根本不想知道那个问题的答案，那个问题就是，家乡现在有没有电？

阻隔会造成很多误会，他可能觉得家乡的发展水平还停留在30多年前吧。其实对这个当事人来说，他根本不关心这个问题，因为有没有电无关紧要，这跟亲人健在与否、安好与否完全无关。

我在台下听了这个故事后，心里百感交集。

这位老师通过他作为一名老师的敏感，以及这么难得的体验告诉了我，原来，1000多年前王维在提问“寒梅著花未”时，是在一种很特殊的状态下，那个特殊的状态是，王维捕捉到了久别重逢最初的那一瞬间。

那一瞬间是理性停摆，问的问题微不足道，因为微不足道所以才会脱口而出，因为它在帮你争取内心自我建设的一个安全的防备。你的心里知道自己很脆弱，所以一开始其实并不会问最重要的问题，因为你不一定能够承受那样的打击。

王维太敏锐，他比其他的诗人更敏锐地捕捉到了稍纵即逝的那一瞬间。我认为这是王维这一首短短的小诗会那么吸引1000多年来的游子的原因。

我们会被触动，甚至是在一种潜意识的状态中。我们知道我们被这首诗打动，可是不知其所以然。诗人真的是人类的感官，而优秀的诗人会比我们更了解人性中最纤细、最幽微、最难以捕捉到的那一瞬间。

（摘自《读者》2021年第16期）

写写你的父母

梁晓声

母亲做过的最令我感动的事发生在三年困难时期。

当时因为家里小孩多，所以政府给了我们家一点粮食补贴。月底的最后一天，家里一点粮食都没有了，揭不开锅，母亲就拿着饭盆将几个空面粉袋子一边抖一边刮，终于刮出了一些残余的面粉。母亲把它做成了一点疙瘩汤。我们正在吃饭的时候，来了一个讨饭的人。他看着我们几个孩子喝疙瘩汤，显得非常馋。母亲给他端来洗脸水后，又给他搬了凳子，把她自己的那份疙瘩汤盛给他，自己却饿着肚子。

然而这件事被邻居看到后，不知是谁在开会时把这件事讲了出来，说我们家粮食多得吃不完，还在家中招待要饭的人。从这以后，我们家就再也没有粮食补贴了。可我母亲对这件事并没有后悔，她对我们说你们长大后也要这样。

我现在教育我的学生也经常这样讲，少写一点初恋、郁闷，少写一点流行与时尚，多想一下自己的父母，如果连自己的父母都不了解，谈何了解天下。

我们这一代人的父母，几乎没有过一天幸福的晚年。老舍在写他的母亲时说："我母亲没有穿一件好衣服，没有吃一顿好饭，我拿什么来写母亲。"我能感受到他当时的心情。萧乾在写他母亲时说，他当时终于参加工作并把第一个月的工资拿来给母亲买罐头，当他把罐头喂给病床上的母亲时，她已经停止了呼吸。季羡林在回忆他母亲时写道："我后悔到北京到清华学习，如果不是这样，我母亲也不会那么辛苦培养我读书。我母亲生病时，都没有告诉我，等我回到家时，母亲已经去世，我当时就恨不得一头撞在母亲的棺木上，随她一起去……"这样的父母很多，如果我们的父母也长寿，到街心公园打打太极拳，提着鸟笼子散散步，过生日时吃上我们送的大蛋糕，春节时和家人到酒店吃一顿饭，甚至去旅游，我们心中也会释然。

如果我们少一点粗声粗气地对母亲说话，少惹她生气，如果我们能多抽出一点时间来陪陪母亲，那就好了。

我想全世界的儿女都是孝的，只要我们仔细看一下"老"字和"孝"字，上面是一样的，"老"字非常像一个老人半跪着，人到老年要生病，记性不好，像小孩，不再是那个威严的教育你的父母，他们变成弱势的一方了，在别人面前还有尊严，在你面前却要依靠……爱是双向的，只有父母对孩子的爱，没有孩子对父母的爱，这种爱是不完整的。父母养育孩子，子女尊敬父母，爱是人间共同的情怀和关爱。

（摘自《读者》2023 年第 2 期）

渔樵耕读为何“渔”为首

熊召政

在中国古代，尽管当官始终是最荣耀的事情，但人们认为最好的生活方式，或者说最好的职业，却不包括官员。尽管我个人认为，最好终生当一个读书人，但古人并不这样认为，古人将贤人分为渔、樵、耕、读四种，第四种才是读书人。

为什么要把渔翁放在最前面呢？打鱼人出没风波里，社会地位那么低，有什么好的？在这里，我用三个例子来说明渔翁的了不起。

第一个故事是在春秋时期，当时中国的长江流域，有三个诸侯国，楚国、吴国和越国。在公元前5世纪前期，楚国最强大。楚国的国君楚平王却很平庸，他派使者到秦国为自己的儿子政治联姻。但是等秦女到楚国时，他一看，秦女这么漂亮，便把秦女纳为自己的老婆。这件事遭到朝中老臣伍奢的极力反对。于是，楚平王杀了伍奢一家三百余人，只有伍奢的第二个儿子伍子胥逃了出来。

伍子胥历尽磨难逃到昭关，这是吴楚分界的边城。此时，前有大江堵截，后有楚平王派的追兵，跑不掉了。在这生死存亡的关头，突然，芦苇深处荡来一只小船，一个老渔翁把船摇到伍子胥跟前，说："你上船吧。"伍子胥刚上船，楚国的追兵就到了岸边，追兵高叫渔翁将船开回来。渔翁笑了笑，仍是一边唱歌一边将船摇到江中心。伍子胥脱离了危险，他非常感谢渔翁，便说："我这里有一把祖传的宝剑，我把它送给你。"

在春秋时能够将自己最好的剑送给别人，这是最高的馈赠。谁知渔翁笑了笑说："我知道你是伍子胥，我知道楚王在追杀你，我也知道楚王悬赏的价值，如果我将你交出去，不但可以得到五万石粮食，还可以加官晋爵。我连那些都不要，还会要你这把剑吗？"

伍子胥非常感动，渔翁仍然一边唱歌，一边摇船将伍子胥送走。等伍子胥上岸再回头一看，小船上已经没有人了——渔翁知道自己回去就会被楚王杀掉，于是干脆沉江。这是中国历史上第一个渔翁的形象，渔翁是中国智慧的化身，是英雄的化身。

第二个渔翁的故事，发生在战国晚期，与伟大的诗人屈原有关。

屈原遭到放逐，沿江边走边唱，面容憔悴，模样枯瘦。这时，他遇见一个渔翁。渔翁问他为什么落到这般田地。屈原说，奸人当道，只有我不愿同流合污，因此被放逐。这时，渔翁针对屈原"众人皆醉我独醒"这句话，回应"何不淈其泥而扬其波"。

渔翁的意思是，圣人不死板地对待事物，而能随着世道的变化而变化。如果举世混浊，那你何不随波逐流；如果大家都迷醉了，那你何不既吃酒糟又饮薄酒。为什么让自己落个被放逐的下场呢？渔翁这是告诉屈原，你要接受一切，接受命运的安排。但屈原没有接受渔翁的劝告，最终还是选择了投江自尽。

这个渔翁的形象也随着屈原的故事一同留在了中国的历史上。这个渔翁是中国老庄哲学的代表，明哲保身，不与世界对抗，只讲求“独善其身”。

现在讲第三个渔翁的故事。大家还记得《三国演义》开篇的那首词吧：“滚滚长江东逝水，浪花淘尽英雄。是非成败转头空。青山依旧在，几度夕阳红。白发渔樵江渚上，惯看秋月春风。一壶浊酒喜相逢。古今多少事，都付笑谈中。”

这是明正德年间状元出身的杨慎写的一首词。杨慎学问很好，但官运不佳，因为参与大礼案，与嘉靖皇帝结下不解的仇恨。他被嘉靖皇帝流放云南，终生不赦。

杨慎是在流放的路上写下这首词的。个人的坎坷遭遇，让他羡慕一辈子与世无争的江上渔翁。从古到今几千年，朝代更迭，在渔翁眼里，不过是太阳从东边升起从西边落下，是自然的规律。人间的兴衰更替，不必太认真。渔翁在日夜流淌的江流上，长年累月看着秋风春雨，不会被小人构陷，不会为功名所累，多好呀！

通过以上三个渔翁的形象，大家就知道“渔樵耕读，四大贤人”，为什么要把渔翁放在首位。中国的四大贤人排座次，是中国的读书人给自己排的位置。渔翁是独善其身的，他永远是那么悠闲，这是读书人将他摆在第一位的原因。读书人羡慕渔翁的那份平淡和自得，也正因如此，渔翁经常担任着历史仲裁者的角色。

（摘自《读者》2022 年第 22 期）

安静的事

李丹崖

有静气的景象很多，老街的清晨，一枝杏花开了；父亲的肩头靠着一个酣眠的婴孩；人在河堤上，捧着一本书阅读；夕阳慢慢地落在河中央，远方出现一只船返航的剪影；一个香篆正慢慢地冒着烟……

雨天里，一只母鸡带领一队小鸡躲在灌木丛里，小鸡嘤嘤地叫着，母鸡伸开翅膀护住小鸡崽们，和雨声相比，眼前的温情也是有静气的。

一张长长的书桌，桌上一尘不染，摆放着一盆菖蒲，青花瓷笔筒上，有一尾鱼停在了釉彩上，夕阳沉沉地移过来，黄昏的光线里，有半卷书还没有看完，和窗外的景象相比，满目的书香也是有静气的。

想起多年前的端午，蝉声聒噪，母亲从地里摘了一些苇叶回来，将泡好的糯米与大枣放在一起包粽子，苇叶在手里上下翻飞，我躺在网床上，睡眼惺忪地看潮湿的糯米里，水一滴一滴落下来。那一滴水的明媚里，也有着琥珀一样的静气。

关于静气，还有旧时村口的池塘边，月光下，皂荚揉碎了青条石上的捣衣声。那些棉麻料的衣服，真是经得起敲打，我在这样的捣衣声中甜甜地睡去，这捣衣声竟然也是有静气的。

什么事物不具备静的气质呢？

一朵开得娇艳的花，蜜蜂和蝴蝶会光顾；午后街面上拉长的鸣笛声，搅扰人们的午休；烦恼心情下，婴孩的哭声；少年一个人在家，风中的院门，“吱呀”一声开了，“吱呀”一声又关上；梅雨季节里的一声惊雷，门槛上突然蹿出来的一只黑猫的叫声；酣眠之际，耳畔蚊虫的“嗡嗡”声……

每临大事有静气，这是沉稳。独向荒原觅芳踪，这是希望。泰山崩于前而色不变，麋鹿兴于左而目不瞬，这是沉着。坐怀不乱，这是定力。这些都是静气的若干个组成部分。

其实，有静气的东西还有一些：空谷的笛音，寺院里开了一树玉兰花，流觞曲水中游过来的美酒，夏日午后水面上一纵滑出好远的蜉蝣，经年的宣纸上画过的一笔浓墨，母亲做了一桌好菜，看久别回来的儿子端着碗大嚼的唇齿之声……想到这些，我也变得好安静。

（摘自《读者》2022 年第 20 期）

戳人痛处

丁时照

托身人间，爱恨情仇，缠绕一生。磕碰久了，就落下疤痕。

赵简子派家臣尹铎治理晋阳城，要求他完成两个任务：一是将晋阳建成赵家的“根据地”，二是拆除旧城墙。尹铎走马上任，轻徭薄赋，终至民无二心。赵简子来工地视察，一眼就发现一个严重的问题：旧城墙不仅没拆除，反而加固增高。他怒火攻心，一定要先杀掉尹铎才进城。众人苦苦规劝，赵简子不依不饶。这时，赵简子的另一个家臣邮无正挺身进谏，说明尹铎的所作所为都是从赵氏家族的根本利益出发，是在正确的时间做正确的事。赵简子恍然大悟，改罚为赏，重奖尹铎。邮无正与尹铎之前有怨仇，事后，尹铎带着奖赏找到邮无正说：“是您救了我的命，奖赏应该归您。”邮无正断然拒绝：“我是为君主考虑，不是为你。咱俩‘怨若怨焉’。”怨恨还是怨恨，半点儿都没改变。

还有一个比这更著名的揭人伤疤的故事，也和赵简子有关。

晋国大夫解狐，为人耿直倔强。他有个爱妾，长得如花似玉，却移情于年轻英俊的管家邢伯柳，事情败露后，邢伯柳被赶出府门。有一天，赵简子请解狐帮忙物色一个精明能干的人做上党守。他推荐了邢伯柳。邢伯柳把辖区治理得井井有条，赵简子十分满意，夸奖说：“你干得真不错，解大夫没看错人。”邢伯柳这才知道是解狐推荐了自己。他以为解狐已经解开心结，就前去感谢。解狐对着他开弓就是一箭，说：“举荐你，是公事，因为你能胜任；和你有仇，是私怨，私怨不入公门。”“子往矣，怨子如初也。”说罢，解狐弯弓又射，邢伯柳吓得落荒而逃，一溜烟消失在解狐的视线中。

解狐心中的伤疤是夺爱之恨，戳一下，剑拔弩张。郇无正心中的伤痛书上没说，但一样触碰不得，碰一下，跟你没完。赵简子一看到旧战场的痕迹，就仿佛看到仇人，他心中的疤痕是旧城墙，见不得，一见就要杀人。

人无完人，每个人心中都有不痛快。最难得做事有底线，最贵于公私能分明。

（摘自《读者》2023 年第 1 期）

智慧之巅是德行

鲍鹏山

在《史记·孔子世家》里，记录着老子送给孔子的临别赠言。

老子说：“送别，有钱的人送财物，仁德的人送教导。我没钱，就冒充一下仁德的人，送你几句话吧。”

第一句话是：“聪明深察而近于死者，好议人者也。博辩广大危其身者，发人之恶者也。”

一个人聪明，明察秋毫，很好。可是这样的人，往往比那些笨人更容易招来杀身之祸。为什么？因为他好议人。一个人知识广博，能言善辩，很好。可是他却因此时时处在危险之中。为什么？他喜欢揭发别人的隐私。

聪明会使一个人对别人的缺点一目了然，善辩会使一个人对别人的毛病一针见血。

笨人倒并不一定不好议人，不好揭人隐私，而是眼拙、嘴笨，看不出别人的问题所在，无从议起。即使议论别人，也不得要领，不至于戳在痛处。

老子想告诉孔子什么？单纯的智力如同没有柄的刀片，让握住它的人自己受伤，且刀片越锋利，人握得越紧，伤得越深。

孔子十有五而志于学，到此时，三十而立。就是一个聪明深察、博辩广大的人。

老子提醒了孔子，人生有两个过程：第一个过程是让自己聪明起来，第二个过程是要善于把聪明藏起来。

接着，老子又对孔子讲了两句话："为人子者毋以有己，为人臣者毋以有己。"

做儿子，不要太坚持自己。做臣子，也不要太坚持自己。

谁不是别人的儿子呢？谁不是别人的从属呢？后来庄子直接说，这就是我们"无所逃于天地之间"的伦理之网。在这样的网里，我们要学会谦恭，学会听取并欣赏别人的主张，学会服从权威。

其实，我一直想把这两句话中的"子"和"臣"两个字去掉，变成一句话——"为人者毋以有己"。

这不是我自作聪明，删改前贤嘉言。庄子早就这样改了，他的句子比我的更简洁，只有三个字："吾丧我。"

吾——即自我的本体，本来的自我。

我——附寄于"吾"的自以为是的观念、知识、经验、是非、好恶等"成见""成心"。

"我"总是遮蔽着"吾"，但没能使"吾"与世界赤诚相见、互相洞开，反而使得"吾"认"我"为"吾"，"我"把"吾"李代桃僵了。

所以，智慧的根本在于呈现本来的"吾"，汰除附寄的"我"——吾丧我，与他人赤诚相见。

谁没有“己”？谁没有“我”？每个人都固执“己”见，每个人都“我”行“我”素，世界将被切割成无法互相包容与理解的碎片。

老子的“无己”，庄子的“无我”，是道德的境界。智慧的顶端，就是德行。

（摘自《读者》2021年第21期）

曲线甜，直线咸

草　予

乡间小道，从不直来直去，多是七拐八绕，绕过山，绕过房子，绕过树，也绕过菜地水塘。它绕过大地上所有珍贵的东西，不打搅，也不破坏。

直来直去才算捷径。大道笔直宽阔，逢山开路，遇水搭桥，凿穿了山，推平了房子，挪开了树，撵走了菜地，填满了水塘……在大地上横冲直撞。

弯来绕去，原来是一条路的深情。

河流，是信马由缰的旅人，信步所至。弯过来又折回去，一路流连。旭日初升，晨光照进长河，每道弯里都有一片阳光，每道弯里也都有一个清晨。落日西沉，晚霞落入长河，每道弯里都有一抹晚霞，每道弯里也都有一个黄昏。

曲曲折折，原来是一条河的慷慨。

戏台上，碎步迂回，曲曲折折方寸间，已经千山万水走遍；唱腔婉转，咿咿呀呀片刻内，也已经悲欢离合唱尽。于是，歌为“歌曲”，戏为“戏曲”。画常嗜“曲”，曲线味甜，直线味咸。书法也多嗜“曲”，一笔三折，一笔三顿。一幅狂草，骤雨旋风，笔走龙蛇，纸上阵阵生风。

老树虬枝，怪石峥嵘，曲中有风骨，曲中见神韵。于是，盆景之中，千方百计删密锄直、求疏求曲，也就不足为奇。

还有一种“曲”，是把话拐弯抹角地说。有人这样认为：“一个爱我的人，如果爱得把话讲得结结巴巴、语无伦次，我就知道他爱我。”结结巴巴、语无伦次的话，说的人，需边思边说，话在舌尖弯弯又绕绕，苦寻一句恰好的话。听的人，也需边听边思，话在心头来来又回回，为找一句恰当的回话。话说得如何曲曲折折，皆能被听得明明白白。

话不直说，就给对方留下了时间与空间——应是不应，拒是不拒，皆有余地，两不难堪。所以，俗话教人：话不要讲那么明，也不要讲那么多，对方能听懂就好。

话不直说，甚至有些话是不必说的。“当我沉默着的时候，我觉得充实；我将开口，同时感到空虚。”

若是懂了，无话胜有话。沉默，才是世上最弯弯绕绕的话。

（摘自《读者》2023年第5期）

给味蕾留点时间

马亚伟

经常看到一些上班族早上啃着面包或煎饼，匆匆赶路。吃这样的一顿早餐，估计用不了 5 分钟，纯粹是为了果腹。即使在觥筹交错的盛宴上，我们看到的也更多是推杯换盏，或者狼吞虎咽。很少有人慢慢地吃一顿饭了。

吃饭要细嚼慢咽，这是我们都懂的道理。可是，不知从什么时候起，我们的脚步越来越匆促，连吃饭的速度都快了起来，快得味蕾都麻木了。味蕾与美食，欢喜相逢，还没来得及亲密拥抱，就已擦肩而过，像一对有缘无分的人，错过了太多的美好。

慢下来，给味蕾留点时间。只有这样，美食才会演绎出万种风情。

我们的味蕾，在长时间的麻木后，真的需要醇厚绵长的味道来唤醒某些记忆了。记得周星驰的电影中有一段对白：“我们的味蕾分布在舌头的表面，下面就没有了。甜的味蕾是在舌尖，苦的味蕾就在喉咙附近，酸的味蕾就分布在舌头的两侧。所以我们品尝美酒的时候，要把舌头卷成一圈，这样就可以避开两边酸的味蕾，而让酒在甜跟苦的味蕾之间徘徊，先甜后苦，亦苦亦甜。就好像初恋的感觉一样……”我们在为周星驰夸张搞笑的表演捧腹大笑之后，会忽然很感动：如此品味美酒的过程，简直就是一次曼妙的花开，种种美好的滋味缠绵在味蕾上，让人心动。味蕾，是我们抵达美食天堂的唯一路径。这个世界上的美味，都是细细品出来的。

可是，我们有多久没善待自己的味蕾了？大自然赐予人类各种美食，人类通过灵巧的双手打造美食，我们以食为天。很久以来，美食却成了我们嘴巴里的匆匆过客。因为丢失了一颗细品生活的心，味蕾总是浅尝辄止地敷衍我们。不知你细品过一碗白米饭没有？有一次我半夜饿了，冰箱里没有别的食物，只有电饭锅里依旧温热的白米饭。我盛出一小碗，没有任何菜，就细嚼慢咽地吃起来。米饭软糯中带着甜香，淡淡的，别有一番风味。吃到最后，我竟然觉得余香满口。做米饭的大米，是我们乔迁新居时，一个开粮油店的朋友送的。后来我才知道，那是一种上好的稻米，平日里我却忽略了它的美味，也不经意忽略了朋友的一番情谊。

即使只是一碗白米饭，若给味蕾足够的时间，我们也能品出平淡中的真味。说起来似乎有些禅意，如同生活，并不在于多么奢华，平淡中的滋味，需要你细品慢享。对于婚姻，有一种很有意思的说法：“想要留住男人的心，先要留住男人的胃。”我以为，如果一个男人不肯给你足够的时间，陪你慢慢吃一顿饭，再美味的食物，他也品不出味道来。

给味蕾留点时间，品味亲情的味道。李安的电影《饮食男女》中，鳏居多年的朱师傅，每周都要精心准备家宴给女儿们。他做松鼠鱼、切鱿鱼花、做扣肉、炖鸡汤、包小笼包……可女儿们都要出嫁离开。精于厨艺的朱师傅没有了味觉，他落寞极了。女儿家倩最后决定留在老宅陪伴父亲，朱师傅竟然奇迹般地恢复了味觉。作为女儿，能够留在父亲身边细品他做的各种美食，就是对父亲最大的安慰。

给味蕾留点时间，品出美食的真味。食物有了味道，生活才会有味道。

（摘自《读者》2021 年第 1 期）

唐人中榜后要办哪些宴席

李永志

乡试后的鹿鸣宴

隋朝大业四年（608 年），隋炀帝开创了选拔人才的科举考试。到了唐朝，科举考试分为地方考试和京师考试，其中，地方考试也被称为解试，元朝时改为乡试。唐朝时，解试时间为 3 天，与现代的高考时间相仿。解试结束后，一般于放榜次日，地方州县官员会宴请考官、学政和中榜学子，举办祝贺考中乡贡的“乡饮酒”宴会。在杜佑的《通典》中，此等宴请被称为“行乡饮酒礼”。也就是说，唐人将这种宴请视为一种礼仪。在这样的宴会上，人们会吟诵《小雅 · 鹿鸣》，这可能就是该宴会被称为鹿鸣宴的原因。

唐朝的鹿鸣宴有一些成规：参加宴会的学子必须是应试合格者，这是其一；其二是饯行，宴请后，地方官员陪同学子进京，继续赴考——据史料推测，陪同赴考也有资助路费的考虑。除了《小雅·鹿鸣》，宴会上吟诵的诗篇还有《小雅》中的《四牡》《皇皇者华》《节南山》等。

唐朝的鹿鸣宴，体现了统治者和地方官府对儒家文化的重视。

新科进士的闻喜宴

进京赴考的学子，经省试中榜后为新科进士，在礼部发榜后，敕令举办的一系列宴会，被称为“闻喜宴”，也叫“敕下宴”——顾名思义，闻之则喜。唐朝的闻喜宴常于曲江之畔举行，因而又被称为“曲江宴”。

闻喜宴本是新科进士们的私宴，新科进士们以“醵罚”（凑钱饮酒为醵）的方式集资，类似于现代社会的凑份子、“AA 制”。据《旧五代史》卷三十八：“敕新及第进士有闻喜宴，逐年赐钱四十万。”说明也有朝廷赞助的情况，但官方赞助似乎未成定例，唐朝的闻喜宴仍以私宴为主，间或有官方赞助的。直至宋朝，朝廷才对闻喜宴进行正式赞助，并将其发展为官方活动。

闻喜宴的发起主体为何会在宋朝出现变化呢？这与当时的社会风气有一定关系。进士宴会吸引了多方势力参与，即将走上仕途的进士们自然成为他们拉拢的对象，人们相互攀附，结成各种私人关系，形成小集团。这样的势力一旦产生，就容易引起皇家的不安。在统治者看来，任由民间办活动，对自己可能形成不小的威胁。据宋朝王林的《燕翼诒谋录》记载，自唐以来存在“进士皆为知举门生，恩出私门，不复知有人主”的现象，所以出现了“除赐宴外，不得辄有率敛，别谋欢会”的声音。由私宴改为国宴是统治需要，杜绝了私宴带来的攀附风气，让宴会从此打上皇家的烙印。

闻喜宴的举办地点和时间也时常调整。地点有时在琼林苑，有时在公园，举办的时间要根据皇帝的下诏时间确定，更像临时性的宴会。

进入官场前的关宴

在唐朝，科举及第学子的宴会活动有很多，与闻喜宴相呼应的是关宴。这是新科进士在京城的最后一次大规模聚会，费用全部由学子自掏腰包，由专业人士进行张罗。

关宴的举办地通常在杏园，据傅璇琮的《唐代科举与文学》考证，杏园在曲江之西，与慈恩寺南北相望，因此关宴又被称为“曲江大宴”。唐诗《曲江红杏》中“女郎折得殷勤看，道是春风及第花”的“及第花”指的是杏花。杏花 2 月开花，报春早，选在杏园举办关宴正取此意。这是唐朝进士们参加完吏部关试，进入官场前的告别宴会。学子从全国各地到京师，宴后再各奔东西，按古代的交通状况，此别对很多人而言将成为永别。

告别宴会让参与者能用心其中，但仅告别这一项活动，仍不能将宴会推到重要位置。让关宴备受重视的另一个重要原因是它的社交属性。《唐摭言》载:“曲江之宴，行市罗列，长安几于半空。公卿家率以其日拣选东床，车马填塞，莫可殚述。”新科进士是这次宴会的主体，但是除了他们，宴会的积极参与者还有京城的达官贵人，谁家里有妙龄待嫁女子的，会借此机会物色女婿。普通民众也会去看热闹，导致道路拥挤，可谓盛况空前。《唐摭言 · 慈恩寺题名游赏赋咏杂记》记载:“……公卿家倾城纵观于此，有若中东床之选者，十八九钿车珠鞍，栉比而至。”

告别、选婿这些活动使关宴获得广泛关注，除此之外，宴会的助兴活动，比如探花活动，更加博人眼球。吴融在《海棠二首》中有“太尉园林两树春，年年奔走探花人”的诗句，提到了探花活动。探花活动是事先选择同榜进士中最年轻且英俊的两个人为探花使，探花使骑马遍游曲江附近或长安各处的名园，沿途采摘鲜花后在琼林苑赋诗，用采摘的鲜花迎接新科状元。该活动最重要的工作是挑选探花使，探花使的要求是长相俊朗，这与唐人选拔官员既看能力也看外貌的观点一脉相承。

实际上，不管是告别、选婿，还是探花活动，都寄托了唐人对进士的期望，也表达了进士们登科后的喜悦和对未来的憧憬。

鹿鸣宴、闻喜宴、关宴仅是唐朝众多中榜学子宴会的剪影，但因为其时间节点特殊而备受人们重视。这些宴会活动不仅是聚会，对中榜学子来说，也是一次扩充人脉、建立圈子的机会。

（摘自《读者》2022年第24期）

一个想当诗人的人

申赋渔

高考结束，知道我读大学无望，父亲四处借钱，让我到县城去复读。我说，不读了。然后跑到无锡投奔一个远房堂叔。

无锡，是 18 岁的我，去得最远的地方。

堂叔介绍我到江南大学的一家工厂做工。休息时，我常去图书馆门口转悠。我不是大学的学生，进不去。后来，我终于找到一个去处——中文系有个书店，叫作“江南书屋”。

空闲时间我就去书屋看书。书屋里的老师对我慈爱地笑笑，听任我看，并不要我购买。时间长了，老师就问我，愿不愿意到书屋当店员，兼搬运工。

第二天我就去了。我兴奋地踩着三轮车，从遥远的书市拖来满满一车图书。

老师让我在书屋的仓库里清出一块地方，铺上木板，当我的床。书屋其实是由一间教室改成的。教室被高大的书柜隔成两半，前面一半开店，后面一半做仓库。这一夜，我几乎把书架上的每一本书都抚摸了一遍，兴奋得无法入睡。

书屋的顾客大多是学生，我的同龄人。我是热情的，可是他们很少和我说话。他们一边在书架前翻书，一边交谈。他们所说的内容，我都关心，可是插不上一句话。

有一天，来书屋的学生谈的都是一个话题——学校后面的惠山上，将举办一场盛大的聚会，全市有名的作家和学校里著名的诗人都会去，去朗诵自己的作品。

我站在柜台后面，听他们热烈地谈论着如何在小树林的树枝上挂上自己的诗作。没有人在意我，没有人向我说句顺口的客气话：你也来吧。他们还有请柬，很多人都有请柬。凭这个，可以乘缆车上山。

我是翻过学校后面的围墙上山的，所以午后就出发了。其实花钱买票也能乘缆车上山，可是我怕遇到那些常来书屋的学生。他们如果看到我，一定惊讶得要命。

我手脚并用地攀爬着，一路上忐忑不安，怕在山里遇见熟人。终于顺利到达山顶，天色还早，远远看过去，已经来了不少人。我躲在一块山石的背后，想等天黑下来，再混进去。

已经有人在树枝上挂上自己的诗了，还有人高声地读了起来。我的手放在裤袋里，紧紧捏着一张字条，上面是我写的诗。可是我没办法走过去，只是远远地坐在山石的后面，一遍遍给自己鼓气。

渐渐有成双成对的情侣向这边走来，我只好向更远的地方退过去。终于，我在一个生满杂草的古墓旁边坐了下来——是秦少游的墓。我就坐在这墓的旁边，等着天黑。

回到山顶的时候，晚会已经开始。电灯并不是很亮，还发出嘶嘶的声音。

非常多的人带着手电，把站在场地中央朗诵诗歌的人的脸照得光芒四射又斑驳陆离。朗诵结束，一批批的人走向场地中间，后面人的手搭在前面人的肩膀上，围成一个圈，人们唱起歌，圈子转动起来。又有更多的人在外面围成更大的圈，一样地转动着。我站在一棵老树的树枝上，热切地张望着。我知道，此时我混入其中，没有人知道我是谁，也不会有人来问我。树叶遮挡着我的面容，看着这狂欢却与我无关的人群，我的内心喊叫着：一起跳吧，一起跳吧。可是我走不过去，我充满渴望，又满怀悲伤。

（摘自《读者》2021 年第 18 期）

舍不得

李作民

俗话说:“舍得，舍得，有舍才有得!”这是教人做事的一句至理名言，但这句名言也并非适用于所有情况，比如在川菜里，就有真正的舍不得。“舍不得”作为菜名，听着有点令人纳闷，甚至百思不得其解。

何为“舍不得”呢?其实就是我们平常使用的食材中，常被丢弃的那部分，经过精心制作后，端上餐桌供人们食用。或许有人会问:“这些废弃的边角料你们也看得上?”说实话，这些被许多厨师看不上的边角料，无论从食材的历史还是营养来说，都是传统川菜中的点睛之笔。

就拿芹菜叶子来说吧。现在的餐桌上，已经基本上见不到用芹菜叶子做的食物了，大多是用芹菜秆子。它吃起来香脆微甜，口感甚佳，制作过程也不复杂，深受食客与厨师喜欢。芹菜叶子就不一样了，大小不一、老嫩不均，无论从外形还是色泽来看，都比秆子要差，所以，现在的厨师基本上就将芹菜叶子丢弃了。可我的师父王开发却不一样，常常将它视如珍宝——它在许多老厨师的眼里，都有着属于自己的烟火故事。

像我师父这般年纪的人都知道，“舍不得”系列菜是一道道家常菜。在物资匮乏的年代，人们生活清苦，能够使用的食材都需要物尽其用，绝不浪费，芹菜叶子就是其中之一。人们在吃它时，将老的、黄的叶子清理干净，在开水里汩一下后捞出来拌着吃，很是清香可口。师父也特别喜欢这种做法，师母更是常常将芹菜叶子洗净后用来煮面，作用与小白菜叶子、豌豆尖等同，清香爽口，独具风味。

除了芹菜叶子，冬天里的青菜皮也是“舍不得”系列菜。人们将青菜皮剥下后，将最外面那层绿色的薄皮再分离出来，放在筲箕里面微微晾晒，待表面的水分稍稍蒸发，切成块状或条状，然后加入作料拌成一道菜。这道菜的口感又脆又绵，吃起来“嘎嘎”作响，无论开胃还是下饭，人们都很喜欢。

“舍不得”的主料并不固定，随季节变换而变化。比如，秋冬时节可以吃芹菜叶子，冬春时节可以吃青菜皮，夏秋时节则可以吃茄把子。还有一些“舍不得”是不分季节的，比如豆腐渣和大葱头的根子。

四川人喜欢自家做豆腐，当豆浆与豆渣起锅分开后，豆浆里面加少部分胆水就点成了豆腐，豆渣就没有什么用处了。勤俭持家的人觉得浪费，就将豆渣过一遍清水，用来烧菜。大葱头的根子也被人们普遍使用，将其洗净，用蛋黄糊裹着油炸，撒点川盐和花椒面，做成椒盐味，成品看起来就像一只大虾，厨师们就称其为炸素虾。

从川菜的味型来说，芹菜叶子作为一种拌菜有许多种味型，比如麻辣味、酸辣味、糖醋味、糖醋麻辣味等。其中，酸辣是一个比较大众化的口味，将川盐、醋、红油、花椒面混在一起搅拌均匀，若是加点泡涨了的粉条一起拌进去，就是另一种风味。芹菜叶子属于香菜系列，不仅香，口感也好。如果不喜欢吃辣的，也可以拌姜汁，用醋、姜、川盐一起来拌。

青菜皮的做法也是相通的，将晾晒蔫了的青菜皮切好后，用川盐码味，待入味后，根据自己的喜好加点辣椒面、红油、花椒面等一起搅拌均匀，再加点醋后就成酸辣味了。有些人家也用它来做泡菜，清脆爽口，十分开胃。

在拌菜的作料中，用油是一个很重要的环节。人们在拌菜时，常常会加点生清油（菜籽油）进去，主要体现在家庭里面，特别是夏季。最明显的是激胡豆，必须要用生清油，同时拌仔姜、拌青椒，做“阴豆瓣儿”，也都必须要生清油。这生清油不仅是四川家庭拌菜里的一个标志性符号，更是一个民间、市井的标志性符号。

为什么这里一定要强调“民间”呢？这里的民间是指以家庭为代表的拌菜，而各大饭馆、餐厅里面的拌菜是不用生清油的，他们更多地选择用芝麻香油。所以在川菜里面，有许多细节特别值得学习与研究。

除了凉拌，干煸也是做“舍不得”的一种方式。茄把子在制作时，需要将里面的脉络撕掉，稍微改一下刀，与秋天快要结尾的长辣椒一起下锅干煸，然后加点豆豉，再加入川盐，这道菜也是下饭的好手。

在过去的清苦年代里，这些食材被丢掉就显得实在太可惜了。而今的许多家庭中，只要与中老年人一起生活的，都知道制作“舍不得”是一种传统美德，不仅体现出我们中国人勤俭持家，更展现了中国人做餐饮的思路之宽、变化之大、选材用料之广。

如今过去了这么多年，很多人突然之间在桌子上见到这些菜，常常会唤醒记忆，“老年人能吃出曾经生活的味道，中年人能吃出儿时的味道，年轻人则能够吃出奶奶和外婆的味道”。

这些菜看似相貌平平，分量都不大，却能引起桌上所有人的共鸣，这便是今天“舍不得”最具魅力之处。

（摘自《读者》2022 年第 20 期）

古籍江海寄余生

许晓迪

7月初的南京，已是盛暑溽热。

早上7点多，98岁的沈燮元从家里出发去上班——先乘18路公交车，再到新街口转3路。

他习惯早点儿出门，交通情况好，车上空位多。快点儿半小时，慢点儿不到一个钟头，他就能在目的地南京图书馆站下车。9点上班，年轻的同事们还没到，古籍部办公室的门锁着，他坐在图书馆阅览区的长椅上，随手翻着一本杂志。杂志是从同事那儿借来的，他说有好多新名词他都看不懂了。

对这个时代，他仍有强烈的好奇心。当年为了看综艺节目《非诚勿扰》，他把电视从黑白的换成彩色的。现在，他更关心国际风云，每天晚饭后都锁定中央四台，看看国际局势，分析一番。

“买了一辈子的书，编了一辈子的目录，旁的不做，也没旁的时间。”沈燮元如此总结自己的一生。在他家的墙上，挂着一幅他两年前写的古人七言绝句：“西邻已富忧不足，东老虽贫乐有余。白酒酿来缘好客，黄金散尽为收书。”

书抄完了，上海解放了

沈燮元生于无锡，在苏州长大，虽曾就读于教会学校，接受洋派教育，但从小自学古文，四年级时就能写文言作文，引得老师惊诧不已。抗战胜利后，他考入苏州美术专科学校，学素描和中国画。因为眼睛近视，他只上了一个学期，便转考无锡国学专修学校。

无锡国专创办于1920年，钱锺书的父亲钱基博曾担任该校教务长。1946年，新文化运动已进行了31年，这所书院式的学校却仍以研读古籍为主要课程，朱东润、冯振心、周贻白等名师云集于此。1947年，沈燮元转学到国专的上海分校。分校的讲席阵容依然强大：王蘧常开先秦诸子课，童书业讲秦汉史，王佩诤讲目录学，朱大可、顾佛影讲诗学，张世禄讲音韵学……

学校附近有一个合众图书馆，创办于1939年，由金融家叶景葵、出版家张元济发起成立，版本目录学家顾廷龙担任总干事。彼时，全面抗战进入第3年，沿海各省相继沦陷，全国图书馆或已停顿分散，或在炮火中化为灰烬，私家藏书也零落流散。日、美等国乘势搜罗、掠夺我国珍贵古籍。危局之中，留守上海孤岛的合众同人，“搜孑遗于乱离，征文献于来日”，为中国传统文化营造了一处栖身之所。

1948年，24岁的沈燮元从国专毕业。他成为合众图书馆的干事，专事编目。

1949年春天，勉力支撑了10年的合众图书馆，已濒临倒闭。那段时间，沈燮元仍坚持每天去图书馆上班。走在路上看不到几个人，他也不害怕。那时，国民党军队还在负隅顽抗，图书馆被占作据点，大门口堆了沙袋堡垒，图书馆的日常工作被迫停止。“顾老当时让我抄清代吴大澂的《皇华纪程》，两万多字，我就用毛笔抄，抄了个把礼拜。书抄完了，上海解放了。”

买书好比交女朋友

1955年10月，沈燮元来到南京图书馆，开始了与古籍打交道的日子。

版本目录学是一门记载图书版本特征、考辨版本源流的学问。在中国传统学术中，版本目录是治学的门径；在现代人眼中，它难免显得艰深枯涩。

“古书里的学问很深，里面有好多问题，要懂文字学，要懂音韵学，看印章要懂篆文，看毛笔字要懂书法。有时候看一篇序，一个草书字不认识，横在那里，整篇文章都读不通了。所以研究古籍想做出成绩太难了，比较苦。”

在这个冷板凳上，沈燮元一坐就是60多年。常年在图书馆编目的实战经验让他练就了一副火眼金睛，通过观察行格、避讳、刻工、纸张、字体、印章，就能鉴别出古籍的版本及真伪。

每年春天和秋天，沈燮元都会到上海、杭州、苏州、扬州等地为馆里买古书。

南京图书馆的十大“镇馆之宝”中，有两部是沈燮元买回的。

一部是北宋金粟山藏《温室洗浴众僧经》，“铁琴铜剑楼的后人卖给我的，可能是家里急需钱，只要500块”。一部是辽代重熙四年（1035年）泥金写本《大方广佛华严经》，他经朋友介绍，和卖家在上海的街头碰面，“那人拿来一个大卷子，掀开一点，我看到‘重熙四年’和‘辽’字，赶紧叫他卷回去。我问多少钱，他说500块。当时我带了1000多块现款，立马成交。我生怕他变卦，拿了就走”。他曾把买书比作交女朋友，“没有成功就不要乱讲，一乱讲就不成功啦”。

20世纪五六十年代，沈燮元花7块钱在书店给南京图书馆买来清代“扬州八怪”之一金冬心的《冬心先生集》雍正刻本；到了2020年，金冬心著作系列17种拍到了350万元。他有时也和后辈说说笑话，感叹当年买的好东西都上交公家了，“就像股票公司的人不能炒股，我不能给自己买古书，买了就说不清了”。

“出差”10年

因为“识货”，1978年沈燮元接到一个任务，参与《中国古籍善本书目》的编纂，并担任子部主编。

善本，指那些具有历史文物性、学术资料性、艺术代表性又流传较少的珍贵古籍。周恩来总理在病危之际提出，要尽快把全国善本书总目录编出来，由此开启了中国近百年来最为浩大的一次古籍善本书目编纂工程。

在北京，编委会成员住在北京香厂路国务院招待所，当时物资仍然匮乏，工作人员一天只吃两顿饭，上午10点一顿，下午4点一顿，其余时间，都置身于收集自全国781个大小图书馆、博物馆的13万多张善本目录卡片的汪洋大海中。在没有电脑和互联网的时代，他们只能凭借自己的经验和学识，一一查核每张卡片记录的书名、卷数、作者、版本等项是否正确。

1995 年，耗时近 18 年，《中国古籍善本书目》最终完稿，被认为是国内目前最具权威性的古籍善本联合目录。从初审到定稿，沈燮元参与了整个编纂过程，在北京和上海两地共“出差”10 年。

休息的时候，他喜欢和朋友们一起喝酒。那些年结交的年轻朋友，多年后纷纷成为各大图书馆和高校的骨干精英。沈燮元后来着手整理黄丕烈题跋，需要相关资料和书影时，就会有人欣然将其送上他的案头。

黄丕烈，被誉为“五百年来藏书第一人”。在藏书界，经他题跋的古籍都被视为重量级藏品，有了“黄跋”，书的“价格嘭嘭嘭就上去了”。士礼居，就是黄丕烈藏书楼的楼名。

百余年来，“黄跋”经几代学者多方搜集，汇编成书。但由于整理者多半没看过原书，所以辑本中难免有错漏。退休以后，沈燮元一直在整理黄丕烈题跋集，希望理出一个更翔实完善的版本。他的《士礼居题跋》不仅对照原书、书影，将旧辑本中的讹误一一纠正，还搜寻了不少散落各处、前人未见的“黄跋”。

这是一项浩大的工程，80 万字的书稿，全部由他手写而成。苏州博物馆副研究馆员李军是沈燮元的忘年交，帮他将稿子录入电脑，从 2007 年到 2017 年，“打字打了 10 年”。“他向来精益求精，一定要拿到书影墨迹来核对，哪里发现了新材料，也要设法弄来看。”这样的结果就是无限拖延。2017 年，李军把电子稿交给了出版社。如今 5 年过去，沈燮元还在对稿件进行校对，不断地增加、修改内容，书稿上满是黑笔、红笔、涂改液的痕迹。

“书囊无底，我和他说，你不可能把地球上所有黄丕烈的东西都收集起来。但是他很坚持，在他手里，这本书一定要尽善尽美。”李军说。

过好每一天

在某些方面，沈燮元有自己的坚持。

他不太信任电脑。“噼里啪啦地打，印出来发现错了，有些是同音字搞混了，有些是字体的问题。就瞎搞，架子上的正式出版物，随便翻翻就能看到好多错字，这样不行，会害人的。”

吃饭，他有自己的口味，热爱苏帮菜。在南京几十年吃下来，除了盐水鸭，其他东西他都不爱吃。他曾经手写过一份菜谱并附简单做法，请年轻的同事打印出来，交给食堂师傅。

喝酒，他喝了一辈子。年轻的时候喝多了，他还曾醉卧在苏州忠王府的大殿前。如今每晚回家也要喝点儿，一杯黄酒或一罐啤酒，白酒不碰了。

“生活要有规律，绝对不能熬夜。要起居有节，要控制饮食。希腊人讲，认识你自己。做到这一点不容易，我们哪晓得自己啊？我们总是放纵自己，这不行，要管好自己。我就是自己最好的医生，所以我什么毛病都没有。大夫说我的心脏状态很年轻，像三四十岁人的心脏。”

当年参与《中国古籍善本书目》编纂的人，主编顾廷龙，副主编冀淑英、潘天祯都已过世，编委会的成员也大多凋零，沈燮元成了极少数“硕果”。“我今年98岁，但我从来不想这个年龄，做好自己应该做的事，生活越简单越好，不要胡思乱想，我奉行的信条就是5个字——过好每一天。”

《士礼居题跋》只是前奏，他要做自己的“黄丕烈三部曲”，题跋集之后，还有诗文集和年谱。

年轻人替他着急，他的心态却很好：“黄丕烈三部曲弄不完，我是不会‘走’的。”

他好似一只蠹鱼，潜入古籍的江海，流光如矢，且寄余生。

（摘自《读者》2022 年第 18 期）

韩少功的人造雨

袁哲生

说故事的人偶尔会用他的妙笔下一场人造雨，为生离死别的景象增添几分凄苦悲凉。这场雨通常都颇有效果，特别是雨中人忘了带伞的时候。

韩少功的《马桥词典》里有一篇《老表》就下了这样一场及时雨，但是，这雨下得不怎么用力，通篇关于雨的描写就只有“那天下着小雨”和“霏霏雨雾”这几个字，更糟的是，剧中人还带了一把雨伞。然而，这场雨下得极好，增一分则太大，减一分则太小。

要说这一场雨，得先说说男主角的故事。他的名字叫本仁，湖南马桥人，约莫40来岁，离家10多年了才第一次返乡探亲。他为什么离家出走呢？因为“大跃进”“办食堂”的那一年，“他从集体食堂领回一罐苞谷浆，那是全家人的晚餐，他等着老婆从地头回来，等着两个娃崽从学校里回来。他太饿，忍不住把自己的一份先吃了。听到村口有了自己娃崽的声音，他便兴冲冲地往碗里分浆。一揭盖子才发现，罐里已经空了。他急得眼睛发黑，刚才一罐苞谷浆到哪里去了，莫非是自己不知不觉之间一口口吃光了？……他觉得自己无脸见人，更无法向婆娘交代，慌忙跑到屋后的坡上，躲进了草丛里。他隐隐听到家里的哭泣声，听到婆娘四处喊他的名字。他不敢回答，不敢哭出声音”。

因为不知不觉吃光了一罐苞谷浆，本仁躲到了草丛里，千呼万唤不出来，之后从湖南流浪到江西。过了10多年，本仁才有胆回自己家“探亲”，成了家人口中的“江西老表”。这10多年，本仁在赣南砍树、烧炭，还有了新的一窝娃崽，而他原先的婆娘也已经改嫁。本仁返乡，她还接他去自己的新家吃了一顿肉饭。

过了2天，本仁探亲完毕要回江西去了。“走那天下着小雨，他走在前面，他原来的婆娘跟在后面，相隔约十来步，大概是送他一程。他们只有一把伞，拿在女人手里，却没有撑开。过一条沟的时候，他拉了女人一把，很快又分隔十来步远，一前一后冒着霏霏雨雾往前走。”故事到此结束。

一场雨要下得好，通常是雷霆万钧才能痛贯心肝，然而在这儿却行不通，因为雨若太大，本仁应该会坚持请他原来的婆娘就地折返，让她别送了，那也就没戏可唱了。雨如果太小，或是停了，那么，婆娘那把雨伞拿在手里却不方便撑开共用的尴尬情状就不会发生了。

这雨或许很短，故事却挺长；这伞或许很轻，拿在手上又极重。

真是一场好雨。

（摘自《读者》2021年第10期）

读书的料

程　猛

我是一个农家子弟，在安徽中部三县交界的一个村庄里长大。在村落里，大家对谁家的孩子成绩好不好都特别关注，且很推崇那些成绩好的孩子，而说起淘气的小孩时，就会有一个盖棺定论的说法，“他不是读书的那块料”，甚至“就是榆木疙瘩刻了两只眼”。

“读书的料”与“榆木疙瘩”两个比喻像极了宿命论的说法。“读书的料”是可教的、聪慧的，是很有可能出人头地、前途光明的。而“榆木疙瘩”则是难教的、愚笨的，不太可能有什么特别的未来。

我小学和初中的时候成绩都比较好，村里人都觉得我是一个“读书的料”，可我知道自己不是一个天资卓越的人，经常熄灯后还会去水房或门房借着微弱的灯光写作业，但成绩始终不是班里最好的。幸运的是，每逢大考我都能超常发挥，每次得分都只比分数线高一点点，最终考上了北京师范大学。

而在我的身边，太多极有天资的小伙伴因为某次大考差了几分，或者遭遇了学业阶段转换过程中的不适应，或者家庭出现变故，走着走着就变换了人生道路。

有时候，我觉得自己非常幸运，有时候，又会因为这种运气而感到不安，不知道命运的这种安排会把我带向哪里。我会忍不住去想，这种“眷顾”本身对于我，对于那些和我有类似经历的“读书的料”，究竟意味着什么。

进入他们的内心世界

在我的博士论文里，我用“读书的料”来指代这样一群在改革开放之后出生、通过努力学习进入重点大学的农家子弟。他们在市场经济的大潮下成长，有着共通的跨越城乡边界的求学和生命体验。在他们身上，交汇着地域、身份和阶层三种结构性力量。

农家子弟的求学之旅大致是这样的：从村小到乡镇中心小学、区县初中，再到市里重点高中，最后到大城市的重点大学，就像一个风筝，一次次地离开家乡，飞到愈加繁华的地方，又在一次次的返乡中，回到线那头的家，像穿行在不同的世界中。

人们关注的往往是他们外在的学业成就，甚至把它说成是“走出农村，改变命运”的美谈。可是走出农村，走出的是什么，走不出的是什么呢？改变命运，改变的是什么，改变不了的又是什么呢？

正是教育改变了命运，它还改变了什么？这样一个追问，让我想要深入这样一群“读书的料”的内心世界。

对经历并不诗情画意的人来说，愿意坦诚地说出、写下自己的过往，是需要勇气的。所以，我在给他们的邀请信里先附上了自己的自传。最终，在导师康永久和许多小伙伴的共同努力下，总共搜集到 52 名农家子弟的自传，还访谈了 36 名农家子弟，累计收集了 130 多万字的资料。

苦学的动力

这些农家子弟，他们的求学经历可以被形容为一种苦读。可是在这种苦读背后，有怎样一个我们还没有看见的内心世界呢？

相比于为什么农家子弟能够取得高学业成就，在现实生活中我们更常讨论的是阶层固化，和越来越多的农村孩子上不了好大学的问题。其中一种主流说法是，“成绩是钱堆出来的”。

这种解释逻辑和法国社会学家皮埃尔 · 布迪厄的“文化资本理论”有异曲同工之处。布迪厄认为，在一个社会中占据优势地位的阶层，会把他们在经济和社会地位方面的优势，转化为文化资本。按照这个逻辑，农家子弟考不上好大学是因为他们缺少中上阶层的文化资本。有研究者认为，农家子弟考上好大学是通过某种方式弥补了他们所缺失的文化资本，取得高学业成就的过程也是一个弥补缺陷的过程。

但是，我很怀疑这种观点，因为它很容易导向文化缺陷论，也遮蔽了复杂的生活本身。农家子弟取得高学业成就的过程不可能仅仅只是一个弥补他们缺陷的过程。这个过程一定有他们自己独特的生活实践，一定有他们自己的创造性和主动参与。

山源是一个在重点大学读本科的女生，父母早逝，她跟着祖母生活，在村里长大。她在自传开头这样写道：

> “姐姐在五年级结束了她的学业生涯，因为家里实在没钱，她是姐姐，所以要做出牺牲。后续的，毫无疑问，她就得走我们祖祖辈辈都走的路……我开始下定决心，全力以赴去学习，牢记只有成绩优异才能有出路。冥冥中似乎有一种力量在催促我，告诫我不能成为村里无数个‘复制品’中的一个。”

正是这种对自己生命境遇的深刻觉察，才生长出了一种与命运相抗的原动力。

除了想要改变命运，“钱”对农家子弟来说具有非常特殊的意义。在收集的 32 篇城市中上阶层子弟的自传中，有 44 次提到了钱，而仅 23 篇农家子弟的自传中却 92 次提到了钱，每一篇自传平均提到了 4 次与钱有关的体验。

农家子弟对钱的记忆是精确的，对钱的态度是慎重的。他们在自己经济独立之前所花的每一分钱都直接牵连着父母在黑黝黝的土地之上、在燥热的工地之中、在马路上的吆喝声里流下的汗水。

溪若是一个在重点大学读博士的女孩子，父亲做零工，母亲在村里的超市上班。溪若在访谈中说，每年开学的时候都是她最担心的时候。她家有一点重男轻女，交学费都是先交哥哥和弟弟的。爸爸本来是抽烟的，但是为了让 3 个孩子上学把烟都戒了。后来家里实在太困难，上初二的哥哥觉得她成绩比较好，就主动辍学去早餐店打工。

他们很清楚家人的付出和牺牲，却经常什么都做不了。唯一能做的就是让自己真的成为一个“读书的料”，像一个苦行僧那样自制和专注，用更好的成绩来回馈家人。

学习对他们来说不只是一种个人事务，而是一种道德事务。甚至在面临恋爱这一青春期常有的干扰时都会产生很多道德恐惧。有一个男孩子说起他上初中时喜欢过一个女孩，当他发现自己喜欢上这个女孩时，他说自己感到深深的恐惧。为了专注学习，他最终选择了逃避。

另外，成绩在农家子弟的学校生活里也非常重要。很多农家子弟刚刚进入城市里求学时，都是羞涩、内向，甚至是自卑的，成绩是他们的救命稻草——他们渴望用优异的成绩赢得老师的重视，赢得同学的尊重，也为自己赢得一点安全感和自信心。

故事的另一面

许多人觉得通过教育走出农村、改变命运充满逆袭励志的色彩，但这可能只是故事的一面。这样一场漫长的，随时都有可能掉队的向上流动之旅还伴随着一些不为人知的内心体验。

对很多取得高学业成就的农家子弟来说，他们在城市里的处境是艰难的，家境限制了他们人际上的很多可能性。一个男孩子说自己在大学还处于后高中时代，同学聚餐他一般都不去，因为要花太多钱。

可是同时，他们取得了耀眼的学业成就，这让他们成了“别人家的孩子”，成了和父辈、乡邻不一样的人。溪若说，她回家参加同学聚会都是被冷落的对象，好像自己成了异类。

这些农家子弟的生活轨迹和候鸟的一样，每年寒暑假才回家。故乡有的时候对他们来说只有家那么大，他们在故乡成了异乡人。

我也会好奇对农家子弟而言，农村出身究竟意味着什么？它何时出现，又何时隐身？它何时刺痛我们？何时又给我们安慰？

一个农村背景的女孩子在一次课题讨论里说，农村出身“平时不提也不觉得有什么”，但每次说到与自己农村背景相关的事情，比如父母的职业，就会有一种心虚的感觉。农村出身不只是一个符号，它经常弥散在这些农家子弟的生活细节里。

青阳在一所重点大学读博士，父亲务农，母亲做小生意。父亲经常说一句话："你看，别人家的楼高，我们家文化高。"青阳说，在学校，有时候有人会用"农民""农民工"来取笑一个人穿得比较土。虽然不是取笑他，可他心里总有一种怪异的感觉，好像自己连带着被取笑了。因为对这些农家子弟而言，农民和农民工就是他们的亲人和家人。

当然，农村出身也不只是我们内心的那些和敏感、自卑相连的记忆，它有时候也伴随着骄傲、自立和开心。

一个农村男孩就在访谈里说："我觉得自己出身农村，还能考上这么好的大学，说明我真的很厉害。"青阳也提到自己唯一骄傲的事情就是刚上大学就开始做家教，很早就自立了。

代价与风险

在复杂而特殊的内心体验之外，这样一场通过教育向上流动的旅程中还伴随着不为人知的代价和风险。这代价首先就是与家人情感上的郁结。

一个家庭的情感结构是与其谋生方式紧紧相连的，父母以何种方式谋生，对父母与子女的相处方式有很大的影响。

对农村家庭来说，父母常常忙于田间劳作或外出务工，全家人坐在一起安稳吃顿饭并不是一件容易的事。一个东北的农家女孩说她特别喜欢下雨，因为下雨妈妈就不用上山干活，她就可以跟妈妈多待一会儿。

在漫长而艰辛的求学之旅中，这些农家子弟非常渴望得到家人的陪伴和情感的支持，可是这又是这些勤劳、辛苦的父母难以充分给予的，就像青阳在自传里写的一段话：

> “周围的同学都有父母关爱，而我只是一个人，只有我一个人，只有我挨饿、受冻，生病都没人照顾，心里的委屈不知道要向谁倾诉，面临的种种问题也不知道要去问谁。家里只是一个没有风浪的港湾，给不了你任何的补给，你只能靠自己来回漂泊，顺天应命。”

子女和父母虽然很爱对方，但爱不表达出来，怨也不说出口，仅仅就人生大事才进行实质性交流，这种互相深爱的关系往往变成双向的“报喜不报忧”，有些东西总是堵塞在那里。

但是这种情感在某些时候也会爆发出来。青阳和我们说，有一次他要离开家，他妈妈在帮他收拾行李的时候，突然说了一句，“妈妈老了，也帮不了你什么了”。他的情感瞬间决堤，抱住了妈妈。在回程的路上，他写了一首诗：

> 小的时候要么是妈妈抱起我
> 要么是我跑进妈妈怀里
> 那个时候我们拥抱得无忧无虑
> 从不担心下一次拥抱离自己很远
> 长大后，我们再也不拥抱彼此
> 不管是见面还是离别，因为一拥抱就要哭
> 我们的委屈从不倾诉，因为一倾诉就要无穷无尽
> 我们沉默地保护着对方，也保护着自己

除了与家人情感上的郁结，农家子弟在通过教育向上流动的旅程中还面临着过早懂事带来的风险。

雨落在一所重点大学读硕士，父母务农。父亲酗酒，喝酒之后就会无缘无故发脾气，而她的妈妈经常是无助的。

小学的时候，雨落和同学打闹，同学用一个尖利的东西在她手上划了一个口子。如果是一个普通小孩，回到家之后可能会哇哇大哭，会跟父母说这个同学欺负我。

可是雨落没有办法做这样一个普通的小孩。晚上回到家吃晚饭，雨落紧紧地缩着手，把被割伤的这一面朝向自己，不敢伸手夹菜，生怕父母看到。因为她害怕爸爸发脾气，怕受到责骂，说她惹事。

后来雨落的很多人生选择都受到了影响，因为需要考虑家庭的经济状况和家人的情绪。

这些农家子弟真的太懂事了，他们做的很多选择都是利他的，他们要及早自立，他们想及早回馈，他们压抑自己的需要，懂事对他们来说不只是一套外部规范，也成了内心的某种需要。最极致的懂事会带来最压抑的自我，也伴随更大的风险。

对农家子弟而言，上好大学一直都是困难的。李春玲老师的研究表明，在“80后”群体里，城里人上大学的机会是农村人的4倍。还有一项研究发现，农村的孩子占我国一本院校学生总数的比例只有16%，这个比例，和整个的人口结构是很不相称的。所以这些“读书的料”的故事，并不像字面意义上所展现的那样，它不是一个天赋异禀的故事，也不是一个逆袭的励志故事。它是一个农家子弟负重前行，充满了矛盾冲突和困惑挣扎的故事，也是一个走出不真实的内心投影，重建自我的故事。

这些农家子弟的成长叙事不只是一种个人叙事，更是一种社会叙事，它关乎我们每一个人。只有当城乡差异不断弥合，社会更加公平，才会有真正的内心明媚，这种向上流动的痛苦才会得到缓释。

（摘自《读者》2022年第8期）

画史里的文人雅集

冯嘉安

东晋永和九年（353年），岁在癸丑，在会稽山阴举行的兰亭修禊，应该是历史上最有名的一场文人雅集。参与兰亭雅集的42人共赋诗37首，然而光芒都被王羲之的书法《兰亭集序》所掩盖。

兰亭雅集为后世的雅集树立了一个标杆，之后文人的聚会尽管目的各有不同，但都离不开对兰亭雅集的想象。

北宋元祐二年（1087年），宋英宗的驸马王诜在汴梁的西园家里搞了一场集会，史称“西园雅集”。王诜请来的都是神仙级的嘉宾——如苏轼、苏辙兄弟以及“苏门四学士”秦观、黄庭坚、张耒和晁补之，又如李公麟、米芾、刘泾、蔡肇等当世书画名家，还有李之仪、王钦臣、郑嘉会等苏轼的文人密友，以及陈景元、圆通大师等宗教界人士。

这些“元祐文人集团”的成员以书、画、文、词等形式记录了雅集盛况。绘画中，当以李公麟所绘的《西园雅集图》最有名，虽然此图的真迹已经不传于世，但这幅作品为后世提供了一个母题和图式典范。今天我们看到的马远、刘松年、赵孟頫、钱选、唐寅等画史名家所作的《西园雅集图》，要么是李公麟画作的摹本，要么是后世画家根据前人画作和词文发挥想象所画的作品。

台北故宫博物院所藏的赵孟頫《西园雅集图》是李公麟作品的摹本之一。图里画着那场雅集中的五场“秀”：松下，苏轼坐在案头展纸挥毫，王诜、张耒和蔡肇在案旁观赏；李公麟在另一个案头画《渊明归去来图》，苏辙、黄庭坚、陈景元、李之仪和晁补之站在一旁观看；米芾持笔蘸墨，打算在石壁上书写，王钦臣站在米芾后头观看；圆通大师在石屏下方坐而论道，刘泾在旁聆听；陈景元坐在松树下弹琴，秦观持羽扇对坐倾听。赵孟頫的同代人、大儒虞集在图上的题跋感叹道：“以此见晋卿之好贤重文，及诸君子之高风遗韵、萧散不羁、光华相映。如众星之联照，如群玉之陈列，相与从容太平之盛致。盖有旷千载而不一见者，其可谓盛也已！”

传说米芾曾为李公麟的《西园雅集图》作记一篇，也有人说这是南宋人在“苏轼热”下的托名之作。此篇《西园雅集图记》言：“嗟乎！汹涌于名利之域而不知退者，岂易得此耶？自东坡而下，凡十有六人，以文章议论、博学辨识、英辞妙墨、好古多闻、雄豪绝俗之姿、高僧羽流之杰，卓然高致，名动四夷。后之览者，不独图画之可观，亦足仿佛其人耳。”

永和九年的兰亭修禊，王羲之散发出压倒性的光芒；西园雅集则灿若星河，苏轼自然是最亮的一颗星，其余众星也光芒四射。

多年后，秦观再游洛阳西园，回忆起当年西园雅集的盛况，而当年雅集中有一半人因苏轼的政见受到牵连，不免伤怀，写下《望海潮 · 洛阳怀古》：“西园夜饮鸣笳。有华灯碍月，飞盖妨花。兰苑未空，行人渐老，重来是事堪嗟。烟暝酒旗斜。但倚楼极目，时见栖鸦。无奈归心，暗随流水到天涯。”

（摘自《读者》2019 年第 19 期）

书之痕

桂　涛

什么样的书最迷人？是纤尘不染、满纸墨香的新书，还是岁月留痕、满是批注勾画的老书？这虽不是非此即彼的选择题，却是藏书人的必答题。

我认识的许多藏书人只藏新书，对书的品相要求甚高。他们视“在书上写字”为大忌，认为簇新状态的一版一印的书才最值得收藏、最有价值。

但我认为，那太无趣了，那样“干净”的书少了烟火气，缺了情感，没了生机。

有奇书读本已胜过观花，更何况书上的留痕又能让人分享前人的阅读感受，引发二次思考。与百年前的读书人在灯下同捧此书，心照神交，妙不可言。

我的书架上常年放着两本清代木印本《聊斋志异》。虽是不成套的散册，也非名贵版本，但我总爱拿出来翻翻。不是因为书本身，而是因为书上留有前人的墨笔批点。

留痕的先贤不见姓名，只留下满页工工整整的蝇头小楷。批注的内容很精彩，有感于书里的人鬼之情、人狐之恋，或击节叫好，或扼腕叹息，将内心真实的阅读感受和盘托出。

比如，《庚娘》写机智敏锐、胆识过人的庚娘为报家仇灌醉敌人、从容杀之的故事。读至庚娘劝酒处，批注为:“有识有胆，有心有手。读至此，忽为之喜，忽为之惊，忽为之奋，忽为之惧，忽而愿其必能成功而助之，忽而料其未能成功而欲阻之……”

读到庚娘手刃仇敌时，批注写道:“及观暗中以手索项，则为之寒噤。怕往下看，又急欲往下看。看至‘切之，不死’数句，强者拍案呼快，弱者颈缩而不能伸，舌伸而不能缩，只有称奇称难而已……及行之者从容顾盼，谈笑自如，是唯不作儿女态者，乃能行丈夫事。岂但不敢雌之，直当圣之神之，恭敬礼拜而供养之，而祷祀之……”

这就是书之痕带来的乐趣。曾经的拥有者通过留痕——不管是留下批注、签名、藏书票、藏书印，还是随手涂鸦、随笔勾画——与这本书产生了某种联系，生发了某种情感。这种情感又被永久地封存在书中，流传下去，成为这本书作为文字载体之外的另一种价值。

在我的藏书中，就有装帧精美的祈祷书，扉页上写着爷爷对刚出生孙女的祝福，并解释他送给还在睡梦中的孙女这本书的原因；还有一本晚清诗集，不知名的狂生兴之所至，在书页上写下“一拳打倒东坡老（苏轼），一脚踢翻方望溪（方苞）”。

即使在书上留下痕迹的不是名人，这本书也会因历史留痕变得比一本新书更加有趣，变得独一无二、与众不同。

我曾和英国著名的书籍史学家、担任过英国国立艺术图书馆收藏部主任的大卫·皮尔森聊书，他也认为有之前藏家留痕的书更有趣。

我在皮尔森的藏品中，就发现了百年前戏剧彩排时使用的戏剧脚本，上面有各种记号，标明需要修改或删节的地方，表演者在舞台上的位置以及导演的要求。书之痕的价值正在不断被发现。1997年，英国历史学家罗斯的藏书被出售时，被提及的卖点之一就是，罗斯"评论及批注的习惯随着年龄和智慧的增长而增长，他的藏书空白处也布满了他的评论，智慧、讥诮，有时不乏严厉"。

（摘自《读者》2022年第13期）

粗瓷碗

吕　峰

碗是盛放食品的器具。吃饭时我们经常用碗，可是，很少有人留意到它们。其实，碗里大有乾坤，它可盛岁月，可盛历史，可盛生活。碗里有情、有世界。我家橱柜里有四个外形粗犷的粗瓷碗，是当年爷爷因为家里添丁而购置的。如今它们盛着满满的光阴，无语也无声，固守着家的温度。

粗瓷碗是那种最普通的白瓷碗，碗边有两圈蓝色的釉纹，口大肚浅，一副大腹便便的样子。自从我有记忆开始，饭桌上就有它们的身影。每到吃饭时，我就喜欢帮忙摆放碗筷，一边摆着，一边念叨着："这是爷爷的，这是奶奶的，这是我的……"眼前的碗，对应着一个个正急着往家走的亲人。有时，遇到我喜欢吃的东西，奶奶会捏起一块，放进我的嘴里，母亲则佯装愠怒，瞪我一眼，那种感觉温暖、祥和。

家里有一条规矩，饭做好后，第一碗要盛给爷爷。奶奶给爷爷盛饭时总是说：“你爷爷是家里的大劳力，家里的活儿全指望他干呢，饭做好啊就得先给他吃。”奶奶去世时，面对鬼子的刺刀也面不改色，号称“铁打汉子”的爷爷痛哭流涕，一个劲儿地用手拍打着奶奶的棺木念叨：“你走了，谁给我盛第一碗饭啊！”那副悲恸欲绝的神情，让前来吊唁的人无不动容。

粗瓷碗也见证了父母亲几十年的相濡以沫。他们之间没有浪漫的事，有的只是每日三餐、添饭夹菜，虽朴实平淡，却无限温暖。每天早晨，母亲会雷打不动地给父亲冲鸡蛋茶。在粗瓷碗里，打上两枚鸡蛋，滴上几滴香油，再加一勺白砂糖，用筷子搅和均匀，将刚烧开的水慢慢地冲到碗里，边冲边用筷子搅动，那碗里就慢慢形成了一棱又一棱的鸡蛋穗，略微沉淀后，上面变成稀清的蛋汤，下面是稠状的蛋花。这是母亲最熟练也最拿手的活儿，原因很简单：父亲最好这一口！

当时，我对母亲的这种做法很不以为然。后来看到作家张晓风写道：“看见有人当街亲热，竟也熟视无睹，但每看到一对人手牵手提着一把青菜、一条鱼从菜场走出来，一颗心就忍不住恻恻地痛了起来，一蔬一饭里的天长地久原是如此味永难言啊！”原来，碗可盛爱啊！所谓的白头到老的爱情，所谓的天长地久，就蕴藏在寻常的一日三餐中，蕴藏在精心盛好的一碗饭里。那一刻，我才明白，粗瓷碗中的爱情，因为有日日的惦念，才有天长地久的丰盈。

粗瓷碗里除了有爱情，还有满满的亲情。有一次，我生病了，一直高烧不退。母亲觉得服用汤剂比打针副作用小，就开了一大包中草药回家煎。她守在厨房的煤炉前，严格按照老中医的要求去煎药，先用大火煮沸，然后用文火细细地熬。随着母亲的辛劳，那带点儿苦涩味儿的药香弥漫了整个房间。

近两个小时的工夫，那碗黑褐色泛着泡沫的汤药被端到了床前，我只呷了一口，便受不了那份沁入心脾的苦，不由得呕吐起来。母亲慌忙为我捶背，清扫秽物，焦急万分。望着她忙碌而辛劳的身影，我内疚极了，真白费了她煎中草药的苦心。

粗瓷碗原本有十个，后来只剩下了四个。再后来这四个碗也很少用了，取而代之的是一套又一套精美的细瓷碗。有一次，朋友来家里做客，碰巧前段时间碗被女儿打碎了几个，我一直没去购买。这时，我突然想起了橱柜里的粗瓷碗，便把它们拿出来用以解燃眉之急。端着那早已退出了生活圈子的粗瓷碗，朋友顿时乐了。那天晚上我和朋友之间的话题没有离开过粗瓷碗。再后来，朋友去了日本留学，每次回国，捎来的礼物都是图案各异的碗碟。看着那饱含心意的礼物，我知道碗里还藏着友情。

粗瓷碗里有美好的回忆，那是逝去的懵懂岁月，那是千金不换的温情与美好。因为它，家的概念更加清晰，家也在无情的光阴里侧影翩跹。每逢节假日，我便拖家带口去田间乡野，过几天农家生活，用粗瓷大碗吃饭、喝粥。夜晚坐在农家小院里，天上一轮明月，碗中似乎有月光在荡漾，让人心醉。

人生很复杂，又何其简单，简单到只是由两个动作组成的一条线。一个动作是捧起碗，另一个动作是放下碗。在捧起与放下的过程中，生命一点一点变得绚烂，又一点一点走向枯萎、终结，直到那个碗最后一次被放下，永不被捧起。

（摘自《读者》2022 年第 15 期）

绣球的魔术

明前茶

76 岁那年，二伯执意带着老伴住进养老院。他们一生没有孩子，住进养老院可享基本的医疗服务。最重要的一点是，二伯作为一名植物学家，想在还有精力写作的时候，把自己的经验整理一下，写一本书。所以，他需要摆脱烦琐的家务，摆脱一日三餐、看病拿药的奔波。住养老院是最好的选择。

有意思的是，二伯找养老院的首要条件，就是要有一个大院子。这样，他得空可以在那里养花植草，把院子打理成一座“梦幻花园”。

二伯种的第一批花，就是绣球。这是一种易活的灌木，能够在 3 个月之内，从扦插的幼苗一路开枝散叶，蓬蓬勃勃结出一个个比婴儿脑袋还要大的花球来。

黄梅雨天，我去看望他的时候，发现冬季还是一片萧瑟的小径两侧，已经开满了红色、紫色、蓝色、粉红色、浅绿色的绣球，高的过人头，矮的及人腰。养老院的老伙伴，拄着拐杖的也好，坐着轮椅的也好，中风后一拐一拐地用助步器学走道的也好，趁着雨歇，都出来看花。自从有了绣球花，不愿到院子里活动、整天唉声叹气的老古板们表情都变得活泼了，变得喜悦可亲。有的老人轻挽过一枝花，闭目深嗅，无比陶醉；有的老人在工作人员的指导下，用智能手机上的微距镜头，拍花球的结构。

二伯满脸得意，说："你瞧，只要一个人对美还有感应，他就会觉得活着真好，他就不会被衰老和疾病所打败，不会被生命之火将熄的前景，搞得一脸抑郁麻木。"

二伯向我介绍这里的绣球品种。恩齐安多姆，花开放时是晚霞一样明艳的鲜红色。二伯收集了食堂里的橘子皮，切碎后泡水发酵，浇灌这种绣球花，把土壤变成酸性，花朵就变成了童话般的深蓝色。

奥塔克萨，是日本人培植的矮生品种，是二伯专门种给坐轮椅的老伙伴观赏的。刚开放时是一种淡淡的少女般的粉红，带一点忧伤的粉紫色调，浇灌少量橘子皮水之后，会变成清爽的粉蓝色。

大八仙花，是很常见的绣球品种。刚刚开放时是春夜月光一般的嫩绿色，等整个花冠彻底绽开，魔术表演就开始了——如果土壤是偏酸性的，花球就变成深蓝与浅蓝交织的颜色；若是在被草木灰改良的偏碱性土壤里，花球就变成俏丽的粉红色。如果在掩埋草木灰的地方再喷上橘子皮水呢？由于土壤接近中性，花球就变成了浪漫的粉紫色。

二伯说，上个月，养老院一位独居了10年的92岁的老爷爷，看中了一位会跳民族舞、会包饺子的78岁的老奶奶，天天跟二伯讨一枝绣球，一大早，就挂在老奶奶房间的门把手上。

每天，他讨的绣球的颜色都不一样；每天，老爷爷都要用他小时候读私塾攒下的童子功，以端正的小楷写一句诗在小卡片上。

大家有意撮合他们，所以经常有人去老奶奶那里夸她新插的绣球花，对她一语双关地说："有人向你抛绣球了，你可是喜滋滋地接了呢。"又说："你瞧这一笔字，这得是个多么有涵养的老人家。"

"那位老奶奶心动了吗？"

"再过一个月，他们就打算结婚了。我们这里的老伙伴，打算用最后一批绣球花，给他们搭一个花团锦簇的婚礼拱门。到时候你一定要来看啊。"

（摘自《读者》2019 年第 18 期）

1950，他们正年轻

宋坤儒　王静远

我是《1950 他们正年轻》纪录电影的导演兼编剧。

我在跟这些参加过抗美援朝的老兵交流的时候，感觉不是在跟一些老人说话，而是在跟一群年轻人说话。因为他们在讲述当年的故事时，有着年轻人的力量感和朝气。

汤重稀：战场上的音乐梦

他年龄很小，队里其他人都叫他“小鬼”。他是一个文工队的手风琴演奏者，经常去不同的地方演出。

有一次，一位首长来看他们的演出，觉得他的手风琴拉得非常好，便承诺等战争结束后，就保送他去总政文工团，去中央音乐学院进修手风琴。

他记住了这个承诺。他知道，如果战争结束，首长就会让他去更高的音乐学府完成他的梦想。有一次在去一个连队的路上，他和其他队员坐在一辆卡车的车厢里，天上突然有敌机来袭。当时朝鲜刚下过一场大雪，大地白茫茫的，他们的大衣里子也是白的。跳车已经来不及了，队长让他们就地隐蔽，不要被敌机发现。有人把大衣脱下来，把里子翻着举起来，举向天空，这样从天上看就是一片白。但是“小鬼”有私心，心想万一把手举起来，手被打到怎么办。他想成为一名手风琴演奏家，不要说打到一只手，就是打断一根手指，都不成。所以，他把右手非常小心地往自己怀里藏，他想保护这只右手。但不幸的是，在他把手举起来，往自己胸口放的过程中，一颗子弹打了过来。

立刻，他的手就掉了。

等飞机走了，他到处喊：“我的手掉了，我的手掉了，快帮我找手！”战友们纷纷帮他找手，后来找到了手，但已经不可能接上了。他当时并没有哭，心里只有一个念头：“完了，当不了手风琴演奏家了！”

这只是战争中一个残酷的切片。战争往往被赋予浪漫的色彩，战争实际上是什么样的呢？

战争有着特有的气味：排泄物，腐烂的食物和尸体，空气中弥漫的血腥气。战争中有很多残酷到超出人们生活体验范畴的细节。电影更多的是靠故事、场面、人物、性格、语言、动作来呈现，但是当他们真正在战场的时候，他们可不会考虑这些，他们眼中全是细节。

任红举：战争中的细节

老兵任红举说，电视上的战争片和他经历的战争太不一样了。在真正的战争中，人们看到的全都是细节，残忍到让人永远无法忘怀的细节。

任红举有一次执行一项找民房的任务。

他在一个夜晚端着枪找民房。路上突然听到一些特别奇怪的声音，他当时还只是一个小孩儿，吓坏了，于是把枪端起来，接着往前走。走到跟前一看，原来是从水磨里发出来的“哒哒哒哒”声。本来他准备走了，结果突然发现地上躺着一个人，这个人是志愿军，穿的军装他认识。走近一看，他发现这个人他也认识，是一个教导员，叫李振堂。当时月光很亮，他看到李振堂白花花的肠子堆在衣服外面。

采访时他跟我说：“真的吓死我了，我那时才 17 岁。”

白花花的肠子上没有血，因为血都流干了。他当时不知所措。李振堂说要喝水，他就紧紧捂着李振堂的水壶，因为他知道，在这种失血过多的情况下，喝水其实是非常危险的。李振堂拽住他，想把他身上的枪夺过来，其实是想自杀。

当李振堂抓住他的枪却被他夺回来的时候，比水磨发出的声音更大的声音出现了。原来李振堂已经负伤不能动了，在用自己的头砸地。李振堂就是想求死。因为肠子都已经出来了，肯定没有活的希望，但是任红举想让战友死得有尊严一点儿，所以他把李振堂的头放到自己的手臂上，觉得这样李振堂可能会舒服一点儿，然后李振堂从兜里拿出了一枚银圆，嘴里只重复两个字：“妹妹。”

任红举说：“你是想让我把它送给你妹妹吗？”李振堂已经说不出话了，就点点头。李振堂用尽全身最后一丝力气，把胸前的中国人民志愿军胸章撕下来，胸章背后写着番号和家庭住址。等他再想跟李振堂交流的时候，李振堂已经去世了。

当时他还是一个小孩，心想这么大个人自己怎么埋，于是不得不返回去，找到大部队，请人来帮助他。埋完之后，他还去找了一块树皮削平，用他身上带着的一支钢笔在上面写道：“李振堂之墓。”

他知道那没有什么用，但良心告诉他，一个人，有名有姓特别重要。

惨白的月光下战友惨白的肠子外露的画面，水磨转动和战友拿头撞地的声音交织在一起，是在70多年后的今天，任红举无法忘怀的细节。

人性高于战争的时刻

有一个老兵叫周有春。他们守一个阵地的时候，跟敌军阵地离得特别近。中间只隔着一个沙袋，对面咳嗽都能听见。当时大家都没有水，我军没有水，美军也没有水。底下靠炮弹炸出了一个大深坑，下雨后有一些积水。最早我军去取水时会被美军放冷枪，被打伤或者打死；美军去，也被我军打伤或者打死。结果就是谁都喝不着水。后来双方形成了默契，取水的时候就不打了，你下去的时候我不下去，我下去的时候你不下去。于是两军就共饮了一坑水。

这个故事让我很震撼，因为它回到了人本身的原始需求，在战争面前，有时人性还是高于战争的。

战争一定有它的原因，但不论出于何种原因，参战的普通士兵都有自己的生活逻辑，比如，大家都得喝水。你会发现很奇怪，我们在厮杀，在打仗，但有的时候确实要遵守一些规则。比如，救生员是不能打的，取水时是不能打的，俘虏是不能打的。

战争过后：终身的遗憾

1958年，抗美援朝战争正式结束，老兵们陆续回到祖国。有的去务农，有的选择继续留在军队，境遇有所不同。但这些年少时在朝鲜战场上所留下的创伤和痛苦，并没有因为他们回到家园而消失。对很多老兵来说，他们生命的一部分，永远留在了朝鲜的那片土地上。很多无法释怀的痛苦和羁绊，伴随了他们的一生。

老兵薛英杰的故事，就是如此。虽然他是一个年过90、处于癌症晚期的老人，却能对着摄像头不喝水、不休息，连续讲7小时。

第一次采访薛英杰老人用了5小时，中途老人没有喝过一口水；第二次采访长达7小时。我们在采访之前先跟他聊天，说我们不拍的时候，他可以上厕所、喝水等，后来他们家人都说让他喝点儿水。他说："不喝，我有很多话要跟他们说，我得抓紧时间跟他们说，你们不懂。"

那一刻，我甚至觉得他不是在跟我们说，我也不知道他在跟谁说。总之，他没有停下来。

薛英杰老人的故事挺沉重的。他跟他年轻的战友贺殿举，因为年轻气盛，发生了口角，战友骂了他一句"怕死鬼"，这在无形之中导致了战友的死亡。当时两个人随着部队出发，要趁着凌晨三四点钟美国飞机没出来的时候转移。路上，吉普车坏了。他们当时掉队了，大部队都走了。美军的飞机早上7点准时开始巡逻，看地上有没有兵，然后进行轰炸和扫射。当时一看表已经快7点了，于是薛英杰说不能走了，然后贺殿举就骂他："你就是个怕死鬼！为什么不走？"

他当时年轻气盛，也很生气，就上车了。吉普车后面有两个座位，他们一个坐在左边，一个坐在右边。薛英杰每次都是坐在右边的座位上，但那天贺殿举很生气，上车的时候一把把薛英杰推到左边的座位上，自己坐到了右边的座位上，所以两个人在无形之中换了位置。车没走多远，敌机就真的出现了，子弹一下子就打到了他战友的身上，直穿脊椎，肾脏都被打穿了。

薛英杰这时候已经跳车了，心想：老贺怎么没下来？他返回去才发现，贺殿举手抓着吉普车前面的把手一动不动。他拽着贺殿举，把他背到路边一看，子弹已经打透了贺殿举的身体。晚上在一个路边，他把贺殿举抱在怀里，每隔5分钟划着一根火柴，看一看他的脸。薛英杰是一名医生，他可以给贺殿举止血、包扎伤口，但是伤势太严重了。

贺殿举一直在他的怀里说："老战友，我不行了，你别忘了带我回家。"

他说："你放心，咱俩从小一起玩到大，真要有一天打胜了回国，我能不带你走吗？"

凌晨贺殿举就去世了。薛英杰没办法，只能把贺殿举就地掩埋。在战争年代，一切并不能随他所想，部队过了这片地区可能再也不会回来，所以他对战友许下的诺言一直没有实现。在这70多年中，他也给原来的老首长写过信，但很多年之前，我们还是没有办法把烈士的遗骸迎接回国。如今，这一心愿终于实现。

在沈阳的烈士陵园，有一座刻着十几万烈士名字的碑，叫"英明碑"。薛英杰去过，在刚建成的时候，那时候他差不多80岁，站在那里找了一个下午，没有找到贺殿举的名字，他觉得很委屈。

我们后来也派人去沈阳找，发现贺殿举的名字其实在碑上。只不过碑很高，最上面的名字在距地面接近3米高的位置。碑上每一个字大概有5分钱硬币那么大。有可能因为那个名字所在的位置比较高，所以老人没有看到。找到名字之后，我们特别想把这件事告诉薛英杰老人，但是他已经去世了。

战争就是这样，有些人的生命留在了战场上，而幸存下来的人将带着对逝去的战友的情感——愧疚、思念，抑或感激——活下去，直到他们生命的最后一刻。

任红举当年跟随文工队去朝鲜时只有 17 岁，同行的一个小提琴手不幸被炮弹击中。遗骸已经无处可寻，只剩下小提琴手的一只手还在山坡上，手上还拽着小提琴的琴把。任红举为他写了一首诗："等我老了，一根白发安在你的琴弦上，我们还演奏，我还在和你唱。"

（摘自《读者》2021 年第 22 期）

小獾胡的回报

张　炜

我家的“小獾胡”在不知不觉间长大了。这不是一般的猫，从它的眼神中也能看出：两眼突然放出一束锐利的光，当它盯住窗外的鸟儿时就是这样，那目光真的冷到吓人。

半夜时分，我只要醒来就一定在外祖母枕边抚摸一下，如果没有触到那软软的一团，就会失落。外祖母拍打着我说：“睡吧睡吧，猫有猫的事情，它夜里要去林子里。”“我们白天刚去过啊！”我对它独自去林子里实在不高兴。

天亮了。一大早发生的事让我和外祖母吃了一惊：一缕霞光照亮窗台，上面整整齐齐地摆放了一溜东西，全是被杀死的小动物，它们头朝一个方向，间隔相同的距离。啊，一条小蜥蜴、一只麻雀、一只仓鼠、一只螃蟹、一只绿蚂蚱、一条大蚯蚓。原来这一夜，小獾胡在狩猎，还把猎物搬回了家。这会儿它不在，屋里静极了。也许它累了一夜，正在休息，也许就在某个角落看着我们，想听到一声赞扬。可惜它等来的是外祖母的训诫。她转脸向着屋角说："小獾胡你听着，我知道你舍不得吃这些东西，才拿来家里。不过我们和你可不一样，我们不吃它们。它们和你一块儿生活在林子里，你不该杀它们。家里好吃的东西很多，你别祸害它们了，好不好？"

没有回应。这样停了十几分钟，小獾胡不知从哪里钻了出来。它奔忙了一夜，身上还有露水和草屑。它无精打采地走到窗台跟前，注视着这些猎物。它仰起鼻子，眯着双眼，好像用力嗅着屋里的气味。它低下头，转脸看看我和外祖母，走开了。

我悄声问外祖母，怎么办？外祖母叹了口气，怜惜地看了一眼小獾胡的背影，没有说话。她转身为它准备早餐了，像过去一样，拿出从地窖里取来的食物：小干鱼、窝窝、虾皮，还有一点蛋黄。小獾胡转了一圈又回到窗台上，梳理毛发，然后静静地呆坐。外祖母唤它吃饭，它没有理睬。早餐后我跟外祖母出门打扫院子，回屋后再看窗台，发现上面干干净净的，什么都没有了。小獾胡不声不响地将所有猎物都搬走了。

这样过去了一个多月，又是一天早晨，我醒来后看到外祖母坐在那儿，正看着窗前。我看到她脸上落满了霞光，是欢欣的神情。啊，窗台上又摆放了一溜东西，仍然是整整齐齐，但不是猎物，而是其他东西。我仔细看了看，天哪，它们是一只蜗牛蜕下的空壳、一枝晒干的马兰花、一粒野枣、一根洁白的羽毛、一枚扣子。

我没有动它们，因为这些东西摆放得太整齐了。外祖母笑了："多懂事的小獾胡，它知道我们喜欢什么了。啊，看到了吧？那枚扣子是我不知什么时候丢在外边的，大概也只有它能找到，它的小爪能捡回来！”她这样说时，眼睛里似乎有泪花在闪烁。

（摘自《读者》2021 年第 11 期）

北极熊如盛开的白莲花

毕淑敏

原以为到了北极，以北极冠名的北极熊应该不少，虽不能像早年间的荒山野兔遍地跑来跑去，但每天见上几头应该不成问题。真到了北极圈内，我才发现那里生存环境的恶劣，真不是我等生活在温带地区的人能轻易想象的。除了北极圈附近的岛屿上有些许苔藓类植物苦苦挣扎，其余皆无边冰海。

北极熊常年驻守北纬 80 度到 85 度之间的广阔冰域。说它们常驻，是指一年到头，无论极昼还是极夜，无论觅食还是繁衍，都不离这苦寒之地。不像一些候鸟，是典型的机会主义者，拣着北极仅有的好时光在这里休憩与繁殖，一旦天气转劣，立刻起飞，成群结队向南逃逸，寻找更舒服的地方。这固然不失为一种活法，但北极熊的孤独与矢志不移让人更生喟叹。

这是我第一次见北极熊。

它并不算很大，身体灵活，毛色雪白，估计肚子里的油水有限，不曾被环斑海豹的脂肪染黄。它在冰面上迅疾奔跑，如同银箔打造而成的精灵，四只大掌犹如白色蒲扇在冰雪中有序地扑打，姿态优雅。

虽说它的听觉并不发达，但游客们吸取教训，完全噤声，加之破冰船不散发任何味道，它不曾受到惊吓，仍保持着怡然自得的心境。奔跑中遇到海冰错落处，面对海水的阻隔，它想也不想，并不放慢脚步，也没有丝毫踌躇，凭借跑动惯性纵身一跃，在空中划出一道白光，稳稳降至另一块浮冰上。

在它的前方，冰上多裂缝，它便一个箭步接一个箭步地飞腾而起，好像跨越无形的栏杆，步幅可达 5 米。多数时刻，它判断准确，安然着陆，紧接着又开始马不停蹄地奔跑。

有时运气不佳，不知是判断有误还是体力不支，它未能抵达另一个冰面，而是坠落冰隙，被蔚蓝色的海水淹没。北极熊镇定自若，并不觉得有何不妥，马上昂起头，不慌不忙地开始自在划水……北冰洋的水多刺骨啊！坠落的那一刻，北极熊瞬间被冰水浸透，会不会冷得打一个寒战？

一刹那，我的眼泪夺眶而出。我叹息北极熊生存之艰难，更感动于它舒展的泳姿。

清澈的海洋如蓝色水晶，北极熊浮动时，优雅如盛开的白莲花。我知道如此形容一只重达几百千克的凶猛动物有些不妥，但当目睹这雪白的动物在幽蓝的海水中轻盈地舞动四肢，如特大水母般随波荡漾之时，你只能发出如此不可思议的喟叹。

（摘自《读者》2023 年第 6 期）

接纳生命的残缺

毕啸南

“谢谢你们理解我。”

火车即将进站，阿武匆匆忙忙过了安检，又突然转过身，郑重地弯下腰，向我们一行为他送别的朋友鞠了一躬，缓缓说出这句话。熙熙攘攘的人群朝他投来片刻惊疑的目光，瞬间又四下奔流散去。

阿武祖籍新疆，在宁夏出生，他长得高大，鼻梁高挺，眼窝深陷。但自己究竟长什么样子，阿武其实也很模糊。记忆里，儿时的轮廓早已如纸画浸水，变得模糊了。长大以后的样貌，他也只能从旁人的形容里暗自揣摩：也许，大概，自己是这样或那样的。

那是个盛夏晚晴天，如往常一般，12 岁的小阿武和姐姐一起放学回家。天气实在炎热难耐，路上他想偷偷拐个弯，去村头的小卖部买根冰棍消暑解渴。骗过姐姐后，他一溜烟儿地跑，只见不远处，小卖部门前那棵大榆树正伸展着它的枝叶，郁郁葱葱，笼着整片阴凉，看得阿武满目清爽。

冰棍刚咬了一口，阿武只记得当时天崩地裂的轰鸣巨响，眼前便陷入了一片黑暗。等他再醒来时，却什么也看不见了。

那年夏天，那个小卖部前，那场车祸，使12岁的阿武从此成了一位盲人。

残酷的命运不曾有半点儿怜悯。

12岁，年少风光，本应是人一生中最无忧无虑的一段时光。

“小瞎子，小瞎子。”也不记得从什么时候开始，阿武走在村子里、学校里、集市里，总有认识或不认识的人在他身后这样叫他。阿武说，有时候一个人在路上走着走着，便会有人故意过来绊他一脚，有人向他扔石子，有人跟在背后一路吹口哨，但他告诉自己要坚强，不要被人看不起。只有一次，妈妈让他去村头那棵大榆树下的小卖部买瓶酱油，一个以前和他一起玩的小伙伴笑着跟阿武说：“我带你去吧。”阿武心头一暖，安静地跟在小伙伴的身后。他一幕幕回忆着他们曾一起在学校操场嬉戏奔跑的景象，就这样走着走着，只听“扑通”一声，阿武一脚踩进了粪池子，粪水溅在他的身上、脸上，还有心里。

耳边，几个顽劣少年哄然大笑。

阿武咬着嘴巴，迟疑了片刻，脱了鞋，脱了衣服，穿着沾满粪水的裤子回了家。他依然沉默，一句话也没有说，妈妈看着他，也一句话都没有问。在院子里冲完澡，阿武钻进被窝，用被子捂着脑袋。妈妈坐在炕头，一只手隔着被子轻轻地拍着阿武的头，一只手捂着自己的嘴，掩藏着呜咽。被子里，阿武放声大哭。

阿武说，他哭，不是因为掉进粪坑感到屈辱，而是他相信的人，相信的善良，相信的那一抹黑暗里的光，在那一刻支离破碎。

暴风雨猛烈无情，但彻底击垮阿武的，是他的爸爸。

阿武很少见到爸爸，每年只有临近春节时，爸爸才会从外地赶回来。阿武记忆里的爸爸，总板着一张脸，阿武永远也猜不到他在想什么，只有偶尔高兴的时候，他才会蹲下身子，摸着小阿武的脑袋说："爸爸在很远很远的地方打工赚钱，你在家要听妈妈和姐姐的话。"虽然对这个男人感到陌生，但阿武藏不住对他的喜欢。每年，阿武最期待的日子便是过年，他一见到爸爸，便会远远地跑过去认真地说："爸爸，我今年特别听妈妈和姐姐的话。"

1991 年的除夕，已经过了夜里 12 点，村里的鞭炮声渐渐消失，阿武却站在村头不肯走。那一年过年，阿武的爸爸没有回来。村里老人瞧见了，叹着气对他说："回去吧，你爸爸不要你们娘儿仨了。"阿武不信，跑回家问妈妈，妈妈却什么也没说，只是将阿武和姐姐默默地搂在怀里，拍了拍他们瘦小的背，便起身继续去收拾碗筷了，似乎刚刚的一切并没有发生过。

阿武遭遇车祸后，爸爸从外地赶了回来，但阿武并没有得到渴望已久的父爱。每天，他都能听到这个男人和母亲站在院子里大声地争吵。眼睛看不见了，耳朵却听得分外清楚，他时常能听到这个男人半夜来到他的床前，重重地叹息。直到有一晚，爸爸又来到他床前，阿武并没有睡着，他在心里跟着划火柴的声音默默地数爸爸抽了多少根烟。在第六根烟抽完后，他感受到爸爸那只粗糙的手摸了摸他的额头，往他枕头下面塞了厚厚一沓东西。第二天醒来，阿武便再也没有见过爸爸。

从那天起，阿武在心里郑重地告诉自己，这个男人这辈子和他不再有任何关系。

阿武的妈妈是一名小学老师，阿武看不见以后，她依然坚持带阿武上学。一开始，母亲时时把阿武带在身边。日子缓慢，再后来，阿武也渐渐学会适应这种黑暗的日子，也能一个人蹒跚摸索着走完那条从家到学校的长长山路。

只要有希望，困苦便总能被克服，也终会过去。

阿武的母亲如同一艘坚固的大船。生活的风浪再大，只要母亲在，阿武的心就是安宁的。姐姐后来外出打工，每个月都会给阿武寄来大城市里最流行的磁带和可以听的书。阿武听得认真，慢慢成了村子里最有见识的人。和他一起长大的发小，学校里对他好的老师，这些人，都给了阿武温暖的关爱和支持，陪着他度过了那段饱受痛苦、歧视、煎熬、无望的日子。

人总得给自己谋一个出路。

打听了很多盲人朋友的选择，为谋生存，16 岁的阿武去了一所盲人学校学习按摩。毕业后在老家辗转了几个地方后，阿武来到北京，成了一名职业按摩师。

在年终总结会上，入职第一年的阿武被评为年度最佳员工，发表感言时，阿武说："如果说妈妈以身作则，给予我绝不向命运低头的人生底色，我的顾客们，便在这底色之上告诉了我人生真实的模样，并教会我如何接纳自己，接纳残缺，与自己和解。"

我曾随阿武一起去他工作的地方，阿武的老板告诉我，起初以为是阿武长相帅气，很多顾客都成了阿武的回头客，指名只等阿武。后来他慢慢发现，其他顾客在按摩时一般都是在休息或睡觉，只有阿武那间屋子里，顾客们总有说不完的话，时常传来铃铛般的笑声，或是隐约的哭泣声。

阿武挠了挠头，有些不好意思，他说："一开始只是自己太寂寞了，遇到性格开朗喜欢说话的顾客便想着和他们多聊聊天。后来我渐渐意识到，也许需要倾诉寂寞与辛苦的不仅仅是自己。在这偌大的城市里，有着数不尽的衣着光鲜、行路匆匆，却也同样活得孤独与辛苦的人。

“所以你看，人间有太多的愁、太多的苦、太多的怨了。世相千万，每个人心里都埋着不被他人理解的残缺与痛苦。所以我并没有什么特殊的，以前总觉得自己和别人不一样，命运对自己特别不公平，心里多少是有恨和怨的，现在反而越来越释然了。人啊，得学会接纳自己。残缺就是残缺，改变不了的就接受，与自己和解。人这一辈子，没什么是过不去的。”

更幸运的是，33 岁那年，阿武遇到了他生命中的爱人。

阿莲，也是一位按摩技师。和阿武不同，阿莲生下来的时候就看不见，也许正因如此，阿莲并没有阿武那份巨大的失落、遗憾与对光明的向往。两个人相拥坐在潺潺河畔，青青草地，阿武向阿莲描述天是怎样蔚蓝，水是如何清澈，彩虹到底是什么颜色。

“她填补了我生命的残缺。”阿武说话的时候，一直用他的一双大手把阿莲小小的手握住，笑意盈盈地靠近阿莲。其实，阿莲个子小小的，相貌平平，并非世俗眼光中美丽的女孩。但那又怎样呢？也许看不见容貌的相爱，反而真的是因灵魂而相遇，抵达了爱情的真谛。

这几年，源于愈加强烈的冲动和兴趣，阿武自学了心理学，并在空闲时参加了针对盲人青少年心理辅导的专业培训。阿武说，他打算和阿莲回她的老家，开一家属于自己的按摩店，并在那边成立一个盲人青少年心理辅导公益小组。

“在北上广深这样的大城市，有各种各样的组织和人在做有大爱的事。但我们那里那些活在偏远地区的人，那些像我一样在黑暗里苦苦挣扎的盲人孩子，更需要这份关爱和帮助。”阿武握紧了阿莲的手，阿莲转过脸来冲他傻傻地笑。

回阿莲的家乡后，两个人准备办婚礼。阿武的爸爸通过姐姐传来消息，希望能参加阿武的婚礼。大家都劝他：“已经过了这么多年，你也成熟了，你爸年纪也大了，你们父子该和解了。”

前几年，阿武妈妈因病离世，病榻前，妈妈抓着阿武的手，让他原谅爸爸。阿武想起，他来北京打工的前一晚，妈妈从衣柜里拿出一个存折，跟他说：“这是你爸走的那晚塞在你枕头下面的三万块钱。我一直帮你存着。”又说，“当年三万块钱不是小数目，你爸心里还是有你的。我和他感情不好是我们之间的事，但你们毕竟是父子，你不要记恨他。”

“可父亲对我来说到底是什么呢？”阿武望着我，语气平静地问，“三十多年来，我只记得他那张模糊的、板着的脸，就像一张满是尘土的白纸一样，连片刻的画面都没有给我留下。他到底是怎样一个人？他为什么和妈妈感情不和？又为什么抛弃我们？是因为自私，还是懦弱？我通通不知道。大家如今都希望我理解他，他现在老了我要孝顺他，我结婚了要请他上座给他磕头，可是为什么呢？就因为他生了我，并在我瞎了以后留下三万块钱吗？”

他的语气渐渐变得激动，他低下头，深深地呼了一口气。“我不是怪他，更谈不上恨。他老了，我肯定会和我姐一起赡养他，该出钱就出钱，该出力就出力，只是我不可能爱他。我妈临走时曾说，他心里是有我这个儿子的，但你知道吗，爱是最骗不了人的，感受得到就是感受到了，感受不到讲千万种道理，也只会让我更痛苦。不是我放不下，而是我对他真的没有任何感情。放下，是我接纳了我生命里与父爱没有缘分这个事实，而不是一定要强迫自己与他团圆。保持彼此间最合适的距离与分寸，难道就不是与自己的和解吗？”

我转头问安静地依偎在他身边的女孩儿：“大家都劝他，你会劝他吗？”

“我想所有的爱都是相互的。只有我爱他，他也爱我，爱才会长久，才能幸福。”阿莲仰起头，嘴角弯起月牙般的笑，仿佛他们彼此看得见。

（摘自《读者》2021 年第 24 期）

轮 回

范姜珊

在医科院校读书，免不了去临床实习，而我去的第一个科室就是手术室。

带我的张老师是护理团队里为数不多的男护士，他年长我几岁，却已经在这里工作了好几年。刚进科室的时候，我还不适应周围的环境，张老师耐心地给我讲解日常工作流程以及注意事项，帮我渐渐熟悉了手术室的环境。在张老师的带领下，我开始尝试做一些辅助性的工作。手术室工作繁忙，我经常在工作结束后，双腿酸困，疲惫不堪，张老师却笑称自己早已被磨炼成铁人。我也不止一次问过他，为什么执意留在这里工作，而他总是笑而不语。

元旦前的一个夜晚，是我和张老师的夜班，也是我在科室待的最后一天。正值北方寒冷之际，我迎着漫天飞雪快步走向医院。到医院后，我拍了拍身上的雪，抬头看见张老师已经精神抖擞地站在门口等我，不禁在心里感叹："他怎么一直都这么有精神！"

这天晚上，来了一位需要抢救的病人，初步诊断为急性脑出血，急需进行开颅手术。我们立刻开始做术前准备，所有参与抢救的医生和护士都在与时间赛跑。手术开始后，电锯"吱吱"作响，空气中弥漫着烧焦的骨屑的味道，病人的颅骨被打开……初入医院的我对这"血腥"的场面感到不适，转身走了出来。

站在走廊里，我捂着胸口深呼吸，转头看到张老师火急火燎地朝我走来，他边对我招手边说道："有个任务，你得和我一起，边走边说吧。"我疑惑地跟着他往外走，听他和我说："临时抢救的手术，咱们要出去把病人的随身衣物带给家属。"我不以为然地说："这么点小事我自己去不就好了？"张老师看了看我，没有再多说，我们就这样沉默着继续往前走。

当手术室的大门缓缓打开，映入眼帘的景象让我愣住了。左边是一对身穿婚纱礼服的新人，坐在等待区掩面哭泣；右边站着一名焦急踱步的中年男子，坐在他后面的老妇不停地搓着双手，不时地朝手术室里张望。张老师低声和我解释道："在里面开颅的阿姨，是在她儿子的婚礼上突发疾病的，还是个单亲妈妈，一个人把孩子拉扯大，却发生这样的事。右边的家属是里面做剖宫产的那位的，老婆早产，还是第一胎……"话没说完，就听到手术室里传来消息，剖宫产手术很顺利，母子平安。右边的中年男子听到之后先是一愣，然后激动地转过身对一位老妇说："妈，太好了！母子平安！太好了！"老妇也激动极了，都说不出话来，只能用颤抖的双手擦着眼角的泪水。

当我还站在原地发愣时，张老师已将病人的随身衣物归还给家属并做了简单的安抚，之后便忙招呼我进来。我在转身要进去的时候，看见身后穿着燕尾服的新郎手里紧紧攥着母亲的外套，他的眼泪不断滴落在鲜艳的胸花上，已经浸湿了衣襟，新娘俯在丈夫的肩头啜泣，也早已哭花了妆容。

而另一边，朴实的中年男子露出憨厚的笑容，激动的双手无处安放，老妇人也沉浸在喜悦中，还在一遍遍擦着眼角的泪水。

在大门关闭的那一刻，我仿佛看到了生命的轮回，有人哭，有人笑，有人离开，有人到来，有的人还会回来，有的人已经知道再见太难。而我们能做的，就是心怀善念，尽己所能挽救每一个生命。

第二天清晨，我坐在值班室收拾东西准备出科，张老师突然走过来，微笑着说："要走了？"我点了点头，紧接着问道："昨天那个阿姨抢救过来了吗？"张老师默默地摇了摇头，半晌，他缓缓开口："之前你总是问我为什么一直留在这里，你看，在这里人生就是一场轮回，有的人永远逝去，有的人重获新生，而我们只有尽全力做好自己的本职工作，用仁爱善待生命，尊重生命。"随后，他递给我一个精美的记事本，说道："老师没什么礼物送给你，留着做个纪念吧。"然后笑着走了出去。

我打开记事本，扉页上是华兹华斯的诗句："也曾灿烂辉煌，而今生死茫茫，尽管无法找回那时，草之光鲜，花之芬芳，亦不要悲伤，要从中汲取留存的力量。"下面是张老师苍劲的大字："生命在轮回，医者本仁心。"

我望着他消失在走廊尽头的身影，肃然起敬。

（摘自《读者》2021 年第 20 期）

月　亮

刘亮程

月亮是一个人的脸，扒着山的肩膀探出头时，我正在禾木村的尖顶木屋里，想象我的爱人在另一个山谷，她翻山越岭，提着月亮的灯笼来找我。我忘了跟她的约会，我在梦里找她，不知道她已经回来。我走到她住的山谷，忘了她住的木屋，忘了她的名字和长相。我挨个儿敲门，一山谷的木门被我敲响，一山谷的开门声。我失望地回来时，漫天星星像红果一般落下。

就是在禾木村的尖顶木屋里，睡到半夜我突然爬起来。

我听见月亮在喊我，我起身出门，看见月亮在最近的山头，星星都在树梢和屋顶上，一伸手就能够着。我往前走了几步，感觉脚离开地面飘了起来，我从一个山头，跨到另一个山头。月亮把我引向远处，我顾不了很多，月亮在喊我。

我童年时，月亮在柴垛后面呼唤我。我追过去时它跑到大榆树后面，等我到那里，它又站在远远的麦田那边。我没有继续追它。我童年时有好多事情要做，忙于长个子，长脑子，做没完没了的梦。现在我没事情可做了，有整夜的时间跟着月亮走，不用担心天亮前回不来。

此刻我蹲在那些高高远远的星星中间，点一支烟，看我匆忙经过却来不及细看的人世。那些屋顶和窗户，蛛网一样的路，我是从哪条路走来的呢？看我爱过的人，在别人的屋檐下生活，这样的人世看久了，会是多么陌生，仿佛我从未来过，从我离开那一刻起，我就没有来过。以前，以后，都没有我。我会在那样的注视中睡去。我睡去时，漫天的星星不会知道它们中的一颗灭了。我灭了以后，依旧蹲在那些亮着的星星中间。

夜色把山谷的坎坷填平，我从一座山头向前一迈，就到了另一座山头。遥远的山谷间，有月光搭的桥，金黄色的月光斜铺过来，宽展的桥面上只有我一个人。

我回来的时候，月光搭的桥还在那里，一路下坡。月亮在千山之上，我本来可以和月亮一起，坐在天上，我本来可以坐在月亮旁边的一朵云上，我本来可以走得更高、更远。

可是，我回头看见禾木村的尖顶房子，看见零星的火光。那个半夜烧火做饭的人，是否看见走在千山之上的我？那样的行程，从那么遥远的地方回来，她会备一顿怎样的饭菜呢？

从月光里回来，我一定是亮的。

我回来时床上睡着一个人，面如皓月。她是我的爱人，她睡着了。我在她的梦里翻山越岭去寻找她，她却在我身边熟睡着。

（摘自《读者》2022 年第 6 期）

母亲的家常菜

蒋　勋

母亲的菜为什么好吃？为什么让我念念不忘？

有时候想不通，以为是自己的偏执。

有时候忽然就想通了，因为母亲生活在一个有许多时间的年代。

有很多时间，慢慢地生活，燃着纸，燃着木屑，慢慢从炉门吹气。火旺了，加大块的木柴，火上来了再加煤炭。

现代瓦斯炉一打开就有火，大火、小火、中火，随意调。真是方便，但是太方便就很难慢下来，一切都越来越快。

人类不会再回到用柴木燃火的时代，因此，我们也找不回缓慢、等待、耐心，对着炉门吹气，看到空隙里火苗窜动的经验。印度古老的文字中曾经描述火苗会越分越多，无穷尽地分下去，火苗本身却没有减少。

许多哲学是哲人们在长时间看着火的思维里产生的。我当然希望，打开就有火的瓦斯炉，一切都快速方便的时代，也会产生属于它的哲学或信仰。

爱是可以一直分下去的，越分越多。美，也如此，可以越分享越多，不会减少。

我想，福分也是如此，越分享越多。福分用尽，大多是霸占着，不与众生分享，不知不觉，连自己原有的福分也消耗殆尽。

母亲的时间很多，她在缓慢的时间里可以做很多事。

疫情防控期间，我减少了很多活动，多出很多时间。在多出的时间里，我整天读书、抄经、画画。刚开始时觉得真好，有这么多时间画画看书，久了，我还是感到少了什么。

好像整天画画读书这样的福气，也是要适可而止。每天去美术馆、音乐会，确实有福，但还是适可而止就好。

回不到平凡生活，连艺术也会装腔作势起来。所以我就把不去美术馆的时间，用来细细看自己买回来的菜。

疫情让我慢了下来，用去美术馆、音乐会的时间，回家好好生活。

买回菜来，像母亲当年那样，把菜一一摆在桌上。那时候一家八口，菜量很大。

现在常常一两个人吃，就希望菜的种类多一点，菜量少一点。

一把小芥菜、一个白花椰菜、一个奶油南瓜、一把我爱的芫荽、一颗番茄、几条秋葵。柠檬，可以调蜂蜜加紫苏叶、薄荷做饮料；一颗番茄，需要想一想拿来做什么。当季的柿子，只有日本和歌山柿子三分之一大，又小又便宜，毫不起眼，但是，当地当季，我很珍惜，饭后尝一点，配清茶，恰到好处。

为我调养身体的中医跟我说：“要吃食物原型。”“原型？”我不十分了解。

“当地当季，不过度料理。”

懂了，这样好的水土，这样好的四季，雨露风霜，温暖的阳光，天地的福分都在眼前这些时蔬上。

菜肴“恰到好处”就好，不要过度，不要伤了天地福分。

“恰到好处”，就减少了“糟蹋”的愧疚。

这样的时间，缓慢悠长，可以和自己相处，也不会虚度。

时间很多，所以不太依赖复杂的厨具。手，就是最好的工具。

以前常听长辈说，讲究人家的菜是不用刀切的。

刀切，有铁味儿；刀切，也很难像手择得那么细致。

现代人很少有择菜的经验了，应该回忆一下母亲择菜、掐菜的动作，手指拿捏，我都记得，因为我就坐在旁边。

她一边择菜、掐菜，一边和我娓娓道来，《白蛇传》《封神演义》《杨家将》，我都记得清楚。那是我最早的文学养分，母亲却不说“文学”，她说的是：“做菜的过程也处处显出做人的本分。”

（摘自《读者》2023 年第 4 期）

琐 事

陈海贤

读博士的最后一年，我一边写论文，一边为前途和未来感到焦虑。“未来”又大又模糊，衬托得我手头上的事又琐碎又无聊，让我烦躁不安。

这时候，有个老师问我愿不愿意去佛学院给僧人上心理学课，我毫不犹豫地答应了。听起来，佛学院像一个不食人间烟火的地方。我想，我终于有机会从琐事中逃离了。

上课的第一天，上完课，我在佛学院用餐。原本以为吃饭是一件稀松平常的琐事，但我见识了一套非常复杂而庄严的程序。吃饭之前，每个人把碗筷摆放整齐。一声铃响，所有的人止语保持肃静，然后大家齐声唱诵感谢供养的“供养偈”。念完“供养偈”，所有人端正坐姿，在静默中用餐。在用餐过程中，会有僧人提着盛饭菜的桶从桌前经过两次。如果要加饭或者加菜，你需要在僧人经过时把碗往前推，如果只要一点点，你需要做手指半捏的手势示意。用餐毕，大家摆正餐具，齐声念一遍“结斋偈”，再一起有序退场。

熟悉规则以后，我慢慢喜欢上佛学院这种专注而静默的用餐方式，这让餐食显得特别美味。

我并没能从琐事中逃离，但我在佛学院学到了另一个更重要的东西：一件事是不是琐事，并不是由这件事的性质决定的，而是由你对待它的态度决定的。如果你不轻慢它，以庄重的态度对它，那它就是重要的事。

在毛姆的小说《刀锋》里，主人公拉里抛弃了上流社会的生活和美丽的未婚妻去流浪，在印度修成正果后，到纽约当了一名出租车司机。他并不对无聊琐事感到失望，琐事跟他的关系特别平等而单纯。他不急着去什么地方，也不急着做什么，反而自由了。而那些想要逃离的人，却到处看到囚牢。日常生活中的琐事，逐渐演变成了压迫和反抗、控制和逃离、意义感和无意义感的撕扯。

有一天早上，我去佛学院上课。佛学院的门锁着，进不去。那天很冷，又下着雨。我在门口等了十几分钟，开门的学生才匆匆赶来。我正想抱怨几句，那学生说：“老师，你看风景多美！”我抬头一看，雨后的远山烟雨蒙蒙，满山的茶树正在发芽，衬托着近处的几枝红蜡梅。如果刚刚我不是急着等开门，那就能多欣赏十几分钟的美景了。

那一瞬间，我觉得我悟到了什么。

我悟到了什么呢？也许是，等待的时间，其实也是我的时间，我本可以好好利用和享受。也是，要想脾气好，还得风景好啊。

（摘自《读者》2021 年第 12 期）

老街时光

庞余亮

老街的上午时光走得很快，就如那挑担子卖蔬菜的瘦老汉，他似乎不像是卖菜的，反而像一个来老街参加挑担子比赛的。

喜欢买新鲜菜的主妇大声问他为什么走得这样快，他笑呵呵地说，哪里走得快？一点也不快嘛。

是的，一点也不快。再不快，每天5笼的酒酵馒头就卖光了。

瘦老汉每天卖完菜，必然要去买酒酵馒头。

每次5个，不多不少。

卖水果的胖子问他为什么买5个，而不买6个或者4个。

我2个，她3个。瘦老汉又一笑，还没回答为什么他只吃2个，就和他的5个馒头闪出了老街。这馒头可真是米酒酵的，那酒香，那面香，就像两个调皮的孩子，在人群中钻来钻去……早市一过，老街就空了，只剩下那个卖葱和芫荽的老太太。葱是青青白白的女儿葱，几根分作一摊，一摊一块钱。芫荽是剪的芫荽枝叶，扎了起来，也是一把一块钱。

老太太说都是她家院子里种的，可谁也不知道这老太太家的院子里有多少女儿葱、多少芫荽，反正每天都可以看到老太太、女儿葱和芫荽。

清清爽爽的老太太，青白的女儿葱，绿的芫荽。

等老太太、女儿葱和芫荽都不见的时候，已到了中午。

谁也没有见过她的男人。

女鞋匠力气很大，锥子往那皮鞋底钻的时候，很轻易地就穿过去了。

午饭一过，女鞋匠不继续干活，而是倚在板壁上打瞌睡。

对面报亭边出现了一帮老头，他们每个人都有一只茶垢很重的茶杯，每个人都穿着一件白背心，裤兜里都是零币。

他们打牌，输赢不超过 5 块钱。

用他们的话说，这 5 块钱总会跑，今天在这个人的口袋里，明天就到那个人的口袋里了。

不远的树荫下是等待生意的人，他们是用沥青修漏的，也席地而坐，打牌。一张牌砸在另一张牌的腰上，老手表上的秒针微微一动。

那只有一只胳臂的女人出来卖玉米棒子时，已到了老街的黄昏。女人带了一杆秤，但她从来不称重，由顾客自己称，自己算。女人看着顾客挑玉米，称玉米，表情平静，仿佛玉米的买卖与她无关；有时候，她的目光又游离到老街深处。

快时光，慢时光，好时光，都在这条老街上。

（摘自《读者》2021 年第 10 期）

当知识变得唾手可得

陈平原

每天睁开眼睛，看电视、上网或者上街，都会被塞入一大堆广告——大部分的文字是没有意义的。现在的读书人和以前的读书人相比，更加需要选择的眼光、阅读的定力和批判的思维。我知道阅读形式在变化。今天的人们不一定捧着一本纸书在读，也可以读电子书，但书中的内容和网上的报道、新闻是不一样的，相对来说，读书更加需要投入。读书是和前人、今人、外人、不熟悉的人对话。

书籍的载体、阅读形式的变化导致了思维的变化。

第一个是发散性思维。古人读经，一个月，一年，集中在一点，与一部经书不断对话，一个字一个字斟酌。现在不行了，人们的思维会不断地跳跃，好处是具有活跃性，坏处是无法集中精力在一段时间里做一件事情。

第二个是表述的片段化。如今，人们习惯于写一百多字的微博，养成这个习惯后很难改变——能够写几句俏皮话，却写不出一篇完整的文章。

我们今天过多地强调知识的广度，很少强调思维的深度。

以前，思考是时间维度的；现在，思考是空间维度的。海南、桂林、南极、北极……每个人都能跳跃式地和你聊一大堆，但不具备深谈的功夫，比如谈自己的家乡、社区，就很难深入根本。思考有广度，缺深度，这和我们的阅读习惯有关系。

还有一个特点，就是记忆力的衰退。如今，我们把记忆力交给了电脑，把所有的知识交给了数据库。我们以前必须记忆很多东西，所谓“读书破万卷”。今天大家已经不再背书，而是在查书了。阅读被检索取代是一个很可怕的问题。

以前我们总想记住某些东西，现在却没有这种动力了——“没关系，我的电脑里有”“我的手机里有”。我常跟学生说，检索能力是很容易学的。全世界的图书都在一个“云”里，将来稀缺的是独立思考能力和批判精神——不依附于前人、今人，不盲从于社会。

读书最关键的功能并非求知，而是提升自我修养。

知识变得唾手可得之后，读书原有的三个功能——阅读、求知、修养，都受到影响。我们以前读书，求知和自我的修养是同步的。现在求知这个层面被检索取代，只要知道一个书名或人名，检索就行了，而且现在的阅读更强调娱乐功能。原来苦苦追寻、上下求索的状态消失之后，知识有了，但修养没有了。

我们以前推崇苏东坡的“腹有诗书气自华”，读书多了，平常人说的书卷气就出来了。今天，阅读和修养不再同步之后，读书对人格、心灵、气质、外在形象的塑造都被切断了，这是很严重的问题。

在信息铺天盖地的时代，要建立自己的阅读趣味，要让自己的立场、视野和趣味不受周围环境的诱惑，这是很难的。有了大众传媒以后，阅读的同质化太严重了。

其实每个人的阅读都是不一样的，一个数学家、一个文学教授，他们的阅读趣味不一样是完全正常的。读书人首先要建立自己的阅读趣味和基点，有了基点之后再谈读书。

古今传诵的众多有关读书的名言，其实大部分是针对特定人群的。比如王国维借宋词来谈的读书“三境界”，就更适合学者，而不适合其他人。每个人都有自己的经验，真正好的状态是不断总结自己的道路，然后自己做调整。任何一个读书人，他的读书方法基本上都只适合他自己。

章太炎先生曾经再三强调，平生学问，得之于师长的，远不如得之于社会阅历以及人生忧患的多。也就是说，从老师那儿学到的远远不及从社会阅历以及自己的人生经历里获得的多，所以我总结了他读书的体会：第一，学问基本上是以自修为主的；第二，实在搞不明白的可以请教他人；第三，读书必须将人生规划和书本知识相结合，如此才能有真正深入的体会。

（摘自《读者》2022 年第 6 期）

凿壁偷光的背后

王汉周

1

古时候读书的成本很高。西汉那会儿，人们用的还是竹简，一卷上就没几个字，所谓的“学富五车”可能也只是读过几万字，但普通人家显然连这五车书也读不起。

正是因为这样，我们的主人公匡衡就去地主家帮人做工，不收佣金，只求能免费借书看。然而问题来了，他白天要干活，只有晚上能看书，可灯油实在太贵，他同样点不起。

古人照明用的灯油，一般是动物油，叫“脂”或“膏”，最高级的就是秦始皇墓里的“以人鱼膏为烛”了，普通达官贵人一般点个猪牛羊的油脂。不过贫苦人家连肉都吃不起，哪舍得拿肥肉去熬灯油呢？

穷小子匡衡到了晚上点不起灯，没法刻苦用功了，邻居家却总是灯火通明。他灵机一动，干脆在邻居家的墙壁上凿了个洞，借着这洞里透出来的光努力读书，后来果然成了一代大儒，官至宰相。

这真是一个催人泪下的勤学故事！

2

匡衡刻苦读书，凭借着对《诗经》的深刻理解，很快声名远播，成了公认的学问大家，甚至得到了当时的太子、后来的汉元帝的垂青。从郎中到博士，从光禄大夫到太子少傅，从御史大夫到丞相、乐安侯，匡衡一路高升，青云直上。

但在他位极人臣的多年里，政绩竟然乏善可陈，没有一件拿得出手，在史书上也几乎没有留下什么可圈可点的事迹——他几乎将全部精力，都拿去告小状和参与党争了。

西汉中期，朝廷独尊儒术，推崇经学。匡衡一开始在朝堂上与人辩论时，总是说“六经者，圣人所以统天地之心，着善恶之归，明吉凶之分”。这些言论得到了汉元帝的支持，他慢慢地开始飘飘然了。到最后，“窃尧舜之词，背孔孟之道”，所说所言一味地只是迎合皇帝，完全失去了本心。

此时的他不再是那个偷光看书的穷小子了，他成了世人眼中的大儒，日日读圣贤书，也习惯性地以圣贤的标准来要求人，似乎有了某种道德洁癖。但匡衡偏偏是宽于待己、严以律人的，专爱抓别人的小辫子。

他和当时的大太监石显交好，溜须拍马极尽谄媚。石显作为一个权阉，自然是贪污腐败、徇私枉法，什么事儿坏就干什么。

这天，石显和匡衡看新打了胜仗、击杀单于的英雄陈汤很不爽，决定联手参他一本。

陈汤此时正和另一位大功臣甘延寿一起雄赳赳气昂昂地往京城长安的方向走，还十分自豪地说出了“明犯强汉者，虽远必诛”这样的豪言壮语。可是他没有想到，想象中的封赏还没得呢，一道弹劾他的奏折就从天而降了。

匡衡弹劾陈汤：从前他就父丧不归，硬要在前线打仗，是为不孝；假传圣旨，贪功冒进，虽然打了胜仗但是太不把皇帝放在眼里，是为不忠；攻破郅支城时，把城里的金银财宝都给将士们分了，一个铜板都没给国家留，是为不义。如此不忠不孝不义之徒，应该下大狱，怎么还能封赏呢？

就这样，陈汤还没到京城，司隶校尉的公文就发遍了全国，要地方官把这些得胜而回的士兵都抓起来。

陈汤当然不会束手就擒，他也给皇帝上了道奏折：“臣与吏士共诛郅支单于，幸得擒灭，万里振旅，宜有使者迎劳道路。今司隶反逆，收系按验，是为郅支报仇也！”

汉元帝一听也有道理，就把人放了。

3

匡衡不干了，又上了道折子，说陈汤如此这般假传圣旨，根本就不把陛下您放在眼里。汉元帝是个耳根子软的，一听这话又“倒戈”了，于是陈汤等人被软禁起来。

按理说，假传圣旨是不对，但是将在外君命有所不受，况且不论过程怎样，陈汤和甘延寿大败匈奴，功劳还是有的。

一时之间，这两位到底是该奖还是该惩，引起了朝堂的物议沸腾，舆情汹汹不可遏制。

像陈汤这样的武夫恐怕怎么也想不通，为什么他能从刀口舔血的沙场上活着回来，却差点儿栽在阴刀阵阵的宫廷斗争里。幸好另一位当世大儒刘向写了一篇文采飞扬的奏疏呈给皇上，舆论开始一边倒地支持陈汤，汉元帝才决定赦免二人的罪过，并论功行赏。

封赏一下来，匡衡和石显又气傻了：朝臣们要求以斩杀单于的功绩来封赏甘、陈二人！

在西汉名将中，斩杀过一国首领的只有灌婴和李广利两个人。灌婴因追斩项羽封赏五千户，李广利因斩杀大宛王封赏八千户，难道这次陈汤和甘延寿也能封得这么多？

匡衡回去一拨小算盘，发现自己即便封了侯，且官至丞相，食邑也只有不足六百五十户，这么一比岂不是太寒碜了？

他这个丞相没立过什么功，皇帝自然不可能加封。可他自己没有的，别人最好也不要有，所以他眼珠一转计上心头，马上进宫去告诉皇帝：陈汤杀的郅支单于不是真单于，是个假冒伪劣产品！

他一句话，让两个英雄的声名毁于一旦。最后，汉元帝妥协让步，封甘延寿为义成侯，陈汤为关内侯，食邑各三百户，再加赐黄金百斤。

匡衡心里美滋滋的，谁也不能比我食邑多！

4

匡衡的得意与风光都是因为他攀附了石显这个大宦官，不过，石显的好日子也不长了。随着汉元帝去世，石显失去了靠山，新君汉成帝并不喜欢他。

这个汉成帝就是历史上著名的宠幸赵飞燕、赵合德姐妹俩，最后还死在美人床榻上的那位昏庸帝王。但那都是后话了，他刚登基的时候还没有如此荒唐。

新皇继位三把火，汉成帝选择先烧了权阉石显。丞相匡衡有着很强的政治敏锐度，迅速见风使舵，和御史大夫张谭一起参了石显一本，把他们仨以前一起干过的坏事儿全推到石显头上。最终，石显被贬为庶人，在被赶回老家的路上忧愤绝食而死，而匡衡和张谭这两个“污点证人”，踩着昔日同伴的尸体，继续风光得意。

匡衡年少时非常穷，后来有了点钱和权，就越发贪婪了。他不但要变成富人，而且要富得流油。

身为丞相，封地和俸禄足够他家里吃几辈子的了，但他仍不满足，竟利用职务之便，强取豪夺临淮郡民田四万亩，并指使手下贪盗公家财物。

俗话说，要想人不知，除非己莫为。汉成帝建始三年（公元前 30 年）十月，御史大夫张谭因举任私人获罪免官；两个月后，匡衡私吞田地的事情也败露了。

一代丞相、天下读书人的楷模，最终被抄了家，革了职，贬为庶人，失去了曾拥有过的一切。没过几年，他就孤零零地死去了。

“富贵不能淫，贫贱不能移”，能做到这个的人，实在是不多。

（摘自《读者》2021 年第 3 期）

她倾尽所有给了山里女孩一个大世界

邢 星 魏 倩 程 路

张桂梅的名字和她的事迹传遍了大江南北。这位“奇迹校长”让1000多名女孩考上大学，走出大山。

女学生读着读着就不见了

那是大约20年前的一天，山路边坐着一个十三四岁的小姑娘，她手里拿着镰刀，身边放着一个破草筐，呆呆地望着另一座山头。张桂梅看见了，走过去问她：“你怎么了？”女孩回答：“我想读书，但是家里没钱，给我订婚了，收了彩礼要让我嫁人。”

怎么样才能救救这样的女孩子呢？这个难题久久萦绕在张桂梅心头。

当时的张桂梅，已经是云南省丽江市华坪县出了名的好老师，兼任华坪县儿童福利院（华坪儿童之家）的院长，是数十名孤儿的“妈妈”。

当老师时，张桂梅发现“女学生读着读着就不见了”。她们不读书的理由多种多样：为了给弟弟交学费，姐姐被父母勒令退学回家干农活或外出打工；因为收了彩礼，十几岁的小姑娘也要准备嫁人了。

“培养一个女孩，最少可以影响三代人。如果能培养有文化、有责任的母亲，大山里的孩子就不会辍学，更不会成为孤儿。”一个现在看来依然有些“疯狂”的想法在张桂梅心中越来越清晰，她说，“我想为大山里的这些女孩建一所免费的高中！”

为了实现这个“疯狂”的梦想，她开始四处奔走筹款，风吹雨淋，被冷落，被唾骂，却只筹得一两万元。直到 2007 年，张桂梅当选为党的十七大代表，赴京参会期间，一篇名为《我有一个梦想》的报道让更多人理解了张桂梅的梦想。

2008 年，在中央和各级政府以及社会爱心人士的支持下，华坪女子高级中学（简称华坪女高）正式挂牌成立。这是全国第一所全免费的女子高中。

华坪女高首届共招生 100 人。她们大都来自山区，多数没有达到普通高中录取分数线，还有一些孤儿、残疾学生、单亲家庭学生、父母残疾的学生和下岗职工子女。但只要是女孩，只要还想上学，华坪女高都向她们敞开怀抱。3 年后，她们中有 96 人坚持到最后参加高考，全部考上了大学。自 2011 年有首届毕业生以来，学校综合排名连续 10 年位列丽江市一区四县榜首。

华坪女高的时间是以分钟计算的：早上 5 分钟洗漱完毕，10 分钟早读到位，出操 1 分钟站好队，学生出入教学楼、去食堂、回宿舍几乎都是跑着的。

张桂梅比学生起得早，一个人摸黑爬四楼，把走廊的灯全部打开；学生跑步的时候，她就在队列边紧紧跟随；学生打扫校园时，她已经第一个来到校门口，拿着扫把和铲子等候。她还总是举着小喇叭喊：“快点儿，快点儿！别掉队！磨蹭什么？”

为什么要把学生在校时间安排得这么满、这么紧？张桂梅说：“必须用一个更大的世界、一种更广阔的精神，将女孩们的心灵充实起来。”

华坪女高学生普遍入学基础差，高中不仅要学新知识，还要补之前落下的课；更重要的是，必须让她们知道什么是文明，什么是先进，什么又是现代化。用 3 年时间完成这一切，不多付出一些、不严厉一些能行吗？

于是，张桂梅不得不变成“爱骂人的张校长”。10 分钟早读到位，5 分钟打扫校园，她用一个个严苛的要求，改变着这些女孩的生活习惯和生活态度。

但华坪女高的学习生活时间安排得再紧张，其他老师也从不占用音乐课，与一般高中相比，学生唱歌、跳舞的时间还要多很多。

每天上午 10 点，是华坪女高雷打不动的红色课间操时间。20 分钟里，孩子们先集体背诵《七绝 · 为女民兵题照》，再唱一些革命歌曲，跳一些健身舞。2020 年，张桂梅听说城里的孩子都在跳“鬼步舞”，便让华坪女高的学生也学着跳：“‘鬼步舞’有一个好处就是快，对她们有帮助，可以提精神。”

回忆起在华坪女高唱过的歌，华坪女高首届毕业生黄付燕说：“那时候日子是苦的，精神是满的。”

山里的女孩也能走进最好的学校。办学十几年来，华坪女高已经把上千名毕业生送进大学。她们之中有些是由厌学、贫困而造成的辍学生和落榜生；有些只因为自己是女孩，从出生到长大，爷爷奶奶都对她们爱搭不理。但如今，她们考入了四川大学、武汉大学、厦门大学、浙江大学等知名学府，她们读硕士、读博士，在各自的工作岗位上闪闪发光。

一个人真的可以做到“无私无我”吗

在华坪，张桂梅的“抠门”是出了名的。她吃得异常简单，很多时候一杯水就着一个饼就是一餐；穿着极为简朴，衣服常年就是那几件；办学也精打细算，教学楼的水闸只在学生用水的课间才开，没人使用的教室、办公室一定关着灯。

张桂梅的慷慨更出名。2003年，昆明市总工会捐给她两万元用于治病，她将这笔钱用到了学生身上；2006年，张桂梅获得云南省首届“兴滇人才”奖，刚刚从昆明领奖回来，她就把30万元奖金一次性全部捐给了华坪县丁王民族小学作为建教学楼之用；2007年，张桂梅当选为党的十七大代表，华坪县委给了她7000元制装费让她买一套像样的西服，她却用这笔钱给学校买了一台电脑。工作数十年，张桂梅名下几乎没有任何财产，她把工资、奖金和社会各界捐助她治病的100多万元都用于教育事业。

张桂梅在忘我工作的同时，还在忍受着常人无法承受的病痛：骨瘤、肺纤维化、小脑萎缩……被23种疾病缠身，数次病重入院治疗。2019年年初，张桂梅在住院期间，华坪县县领导赶来医院看她。醒来后，张桂梅拉着领导的手问：“我的情况不太好，能不能让民政部门把丧葬费提前给我，我想把这笔钱用在孩子们身上。”

华坪女高让山区的这些女孩“进得来”，但如何“留得住”她们是张桂梅面临的一大难题。她提出用家访代替家长会，这样既可减轻贫困家庭和家长从山区往来学校的负担，又可以深入学生家庭了解问题，解决实际困难。

如果能够深深地、细细地了解下去，就会发现华坪女高一些表面上很难理解的教育细节背后其实自有深意——扶贫的路只有真正走下去，才知道什么是张桂梅所说的教育的因地制宜。

有一个学生的家在山顶上，仅有一条不到半米宽的山路相通，路的一边就是万丈悬崖，可这是学生每个周末、每次放假都要往返的路。张桂梅又心疼又生气地问学生："这么危险，你回去干什么？"女孩低着头淡淡地说："张老师，放假了我不回家上哪儿去啊？"

这句话让张桂梅难过了一个星期，她决定把周末两天假期改为每周日下午放半天假。外面的人都不理解，批评张桂梅搞应试教育，就连学校教师也不理解。张桂梅悄悄地做工作："我们的学生大都是山里的孩子，放了假她们不能待在学校里，她们只能回家，这样就会增加路途中的危险。如果只放半天假，孩子们出去逛一逛还可以回来，既省钱又确保了安全。"

家访路上，张桂梅给学生家里捐过钱、送过衣服，帮忙修路、建水窖、调解纠纷、发展产业；她迷过路、发过高烧、摔断过肋骨、旧病复发晕倒在路上，几乎每次家访完都要大病一场。说到底，这一切都是为了孩子，为了孩子的教育。

自 2008 年华坪女高成立以来，这条家访路张桂梅一走就是十几年，几乎覆盖全体学生，足迹遍布丽江市，行程近 11 万公里——这更是一个个教育扶贫的"最后一公里"。

"扶贫要扶志，要让贫困家庭的精神起来才行，有一种追求、一种希望。孩子能够真正唤起他们积极生活的希望。"张桂梅说。

华坪女高结对扶贫的家庭有 6 个。张桂梅去送扶贫款，有一家怎么都叫不开门。她看见旁边一个戴着红领巾的小男孩，是这家的孩子，就让他把附近同龄的孩子都叫过来。张桂梅领着几个孩子一起唱《我们是共产主义接班人》，“在那大山里，歌声飘出很远很远”。张桂梅对孩子的父母说：“你们的儿子这么优秀，不但会唱歌，还会学习，你们怎么能整天躲在家里？快把钱拿着，好好地供儿子读书。”后来，这家人真的开始做事了，栽上了给他们的扶贫杧果苗，一年下来还挣了 4 万多块钱，因为他们看见希望了。

孩子是山里人的希望，教育也是一种希望。张桂梅说，教育扶贫比经济扶贫更彻底，更有力量。

“让山里的女孩能够通过读书走出大山，是摆脱贫困、改变命运最好的途径。女孩子受教育可以改变三代人，打破低素质母亲与低素质孩子之间的恶性循环。”张桂梅说，“实际上不只是三代人，还直接阻断了贫困代际传递，让山里人的命运从根本上得到改变。”

有人说我爱岗敬业，有人说我疯了

“有人说我爱岗敬业，有人说我疯了。一个重病的人，为什么有浑身的病却不死，比一个正常人还苦得起？因为我有追求和信念，有一种精神支撑着我，那就是共产党人的理想和信仰。”张桂梅的话掷地有声。

1996 年 8 月，张桂梅从云南省大理市喜洲镇调入偏远的丽江市华坪县任教。当时，她的爱人因病去世不久，为了给丈夫治病，她花光了家里的积蓄。

可刚到华坪县一年，张桂梅又查出患有子宫肌瘤，需要立即住院治疗，为了不影响初三毕业班的教学进度，她带病上课，直到中考结束，才把患病的事告诉学校。张桂梅没想到，得知她生病后，学生和家长都送来了关心，华坪县妇联更发动全县为她捐款。

“这些真诚的关爱和无私的帮助，让我感受到人情的温暖，给我的生命注入了一股股巨大的暖流，使我热血沸腾，点燃了我活下去的愿望和信心。”张桂梅说。1998 年 4 月，张桂梅光荣地加入中国共产党。

华坪女高办学之初，条件极其艰苦。不到半年，第一批进校的 17 名教职工走了 9 名，学校教学工作几近瘫痪。这所学校还能办下去吗？张桂梅在翻看教师资料时突然眼前一亮：留下的 8 名教师中 6 名是党员！

“只要党组织在，只要党员带头干，学校就不会垮！”张桂梅迅速把 6 名党员教师组织起来，建立党支部，重温入党誓词。大家眼里泛着泪，紧握右拳面向党旗保证：一定要把女子高中办好！一定要把大山里的女孩送入大学！

什么力量可以让人不断突破自我，实现超越？

张桂梅提出以“党建统领教学”，开创“五个一”党性常规活动，并一直坚持下来：全体党员一律佩戴党徽上班，每周重温一次入党誓词，每周唱一支革命歌曲，每周观看一部具有教育意义的影片并写观后感交流，每周组织一次理论学习。这些活动有效凝聚和壮大了教师队伍力量。

张桂梅一边嚷着“缺老师”，一边坚定地说：“女子高中的底子已经打好了，将来接班人只要是党员，只要有这种忘我、无私的精神，那肯定比我干得好，共产党员肯定一代更比一代强。”

对学生，华坪女高也花大力气开展党性教育。张桂梅提出了“革命传统立校，红色文化育人”的教育理念。如今，一走进华坪女高的操场，远远地就会看见“共产党人顶天立地代代相传”这几个巨幅红字，在校园里随处可见长征精神、雷锋精神等革命传统宣传组画。

时代在变，这样的教育会不会过时了？

“唱国歌是什么状态，唱《英雄赞歌》是什么状态，它是提精神的，那是魂啊，学校要把这种‘魂’立起来。”张桂梅说，“对学生进行红色教育很有必要，我们党的优良传统不能丢，艰苦奋斗、自力更生的精神不能丢，在学生心中埋下红色教育的种子很重要。我就是要为党培养合格的社会主义建设者和接班人，首先信仰要坚定，必须信仰共产主义，要记住为人民服务的宗旨，要对党忠诚。我希望女子高中的孩子就像星星之火，走出去之后，能成为燎原之势。”

（摘自《读者·庆祝中国共产党成立100周年特刊》）

致 谢

2022年10月16日，举世瞩目的中国共产党第二十次全国代表大会在北京召开，大会为我们今后的前进指明了方向、擘画了蓝图。党的二十大报告第八部分“推进文化自信自强　铸就社会主义文化新辉煌”为今后的文化工作提出了更高要求。在深入学习领会党的二十大精神的基础上，甘肃人民出版社按照党的二十大报告“实施全民道德提升工程，弘扬中华传统美德”的要求，策划了以“中华传统美德”为主题的新一辑“读者丛书”。丛书共10册，分别以“仁爱孝悌”“谦和好礼”“诚信知报”“精忠报国”“克己奉公”“修己慎独”“见利思义”“勤俭廉政”“笃实宽厚”“勇毅力行”为主题，从历年《读者》杂志、各类图书及其他媒体上精选了600多篇美文汇编而成，我们希望通过一篇篇引人深思的文章或一个个感人至深的故事，让广大读者进一步加深对中华传统美德的认识，让这一美德在中华大地上能够得到更加广泛的传承和弘扬。

与往年一样，《读者丛书 · 中华传统美德读本》的策划、编辑、出版得到了中共甘肃省委宣传部、甘肃省新闻出版局以及读者出版集团、读者杂志社等各方的指导和帮助，在此深表谢意！丛书的编选也得到了绝大多数作者的理解和支持，他们对作品的授权选编和对丛书的一致认可解除了我们的后顾之忧，对此我们表示诚挚的谢意！虽然我们尽力想把工作做得更细致、更扎实，但因为种种原因依然未能联系到部分作者，对此我们深表歉意，也请这些作者见到图书后与我们联系。我们的联系方式是：甘肃人民出版社（甘肃省兰州市曹家巷 1 号，730030，联系人：肖林霞，电话：13893138071）。

读者丛书编辑组

2023 年 10 月